U0007212

Un philosophe sous les toits
閣樓裡的哲學家

Émile Souvestre
埃米爾・梭維斯特——著
楊芩雯——譯

Content
目次

我們識得一人，他置身在推進社會的變革與野心的狂熱當中，卻無怨接受自己在人世間的卑微角色，細品清貧滋味。一處小小棲身之地已是他所有財富，他在這窄小的界限裡安適生活，隔絕於外界苦難。這位哲學家從閣樓高處望世間汪洋，但他在這片汪洋中不求財富，也無懼船難。他沒有引人羨嫉的東西，只在自己的黑暗中安穩獨眠。

但他並未如烏龜躲進殼甲，縮入獨善其身的自私之中。他像是古羅馬劇作家泰倫提烏斯之人，從不讓自己置身於所有人性良善事之外。所有外在的人物與事件全數投映在他心內，一如一處印刻出萬物景象的暗房。他以性喜孤獨者的奇特耐性在「心中觀看世間」，寫下自己所見所想，逐月將之載記於日記。正如他總說這是一本他記錄自己所知所感的年曆。

我們獲允翻閱，擇出其中數頁，在這些以月分為計的十二篇章裡，讀者將能發掘一個渺小思想家在芸芸眾生間的經歷。

——埃米爾・梭維斯特

第一卷

I
新年的禮物

Les étrennes de la mansarde

一月一日

我醒來就意識到這是一月的第一天。又一年從歲月的鎖鏈上脫離，墜入往日的深淵！大家迫不及待迎接她的幼妹。而當眾人望向來日，我的目光則回溯過往。人人對新女王面露微笑，唯獨我例外；我想著才剛被時光的裹屍布纏起的她，那逝去的一年啊！——至少我知道她的模樣，還有她曾給我的一切；而新年卻是帶著種種未知的不祥預兆而來。她藏在自己隱身其中的雲霧裡的是什麼？是暴風抑或陽光？這時外頭下起雨，我感覺心情就像天空般陰鬱。今天是節日，但在這下雨天裡能做什麼？我氣惱地在閣樓內踱步來回，於是決定去生火。

結果火柴不幸失靈，壁爐冒出些許煙後，柴火就熄滅了！我惱火地扔下風箱，坐進舊扶手椅內。

事實上，我為何該慶幸新年到來呢？那些所有在街上盛裝打扮、掛著笑臉的人，他們可知自己歡欣喜悅的原因？他們可了解這節日的意義或是新年禮物的習俗從何而來？

我的思緒在此暫歇，以證明自己的心智優於芸芸眾生。我在憤怒之餘在括號裡插寫了一段匯集我知識所及的全部證據，以支持我的自負。

（古羅馬人的一年只劃分成十個月；在當中加進一月和二月的，是努瑪・龐皮留斯（Numa Pompilius）。一月的名稱來自雅努斯（Janus），以向這位古羅馬門神致敬。一月為新的一年揭開序幕，羅馬人用好兆頭將一年之初圍繞，因此有了造訪鄰居、互祝好運、新年禮物等習俗。他們致贈的禮物帶有象徵性，包括無花果乾、椰棗、蜂巢，意味著「今年應始於甜美的預兆」；還包括名喚Strips[1]的小錢幣，象徵財富。）

1 Strip一詞在拉丁文中意指銅板或禮物。

括號至此結束，我回到惱怒之中。剛才對自我發表的這番簡短演說重建了我的自滿，卻也讓我對他人更加不滿。我現在原本能享用早餐的，但門房太太忘記送來晨間牛奶，而且果醬罐空空如也！換作其他人也會對此發怒；至於我，我盡可能表現得若無其事。還剩一塊發硬的麵包皮，我用力將之掰開，漫不經心地啃著，像一個超然於浮華世界與新鮮麵包的人。

然而，我不解難以咀嚼何以會讓我的想法益發悲觀。我曾經讀過，有個英國人上吊自殺，原因是旁人端來的茶裡沒放糖。人生某些時刻裡，最細碎的小事會在相加後以災禍之姿現身。我們的脾氣就像觀劇望遠鏡，眼前的物體是縮小抑或放大，全取決你從哪一端望去。

窗外開展的景觀通常能讓我歡愉，一片如山峰綿延的屋頂，屋脊彼此橫越、交錯與堆疊，視線隨高聳煙囪爬升至頂點。昨日窗景於我看來有如阿爾卑斯山的形貌，我等著瑞雪初降，好見到屋頂間的冰川，但今天卻只見層層瓦片和石造排煙管。原先有助於我田園奇想的鴿子，現下不過是誤將屋頂當成後院的可悲鳥兒；升入薄雲間的煙霧沒能令我思及描繪維蘇威火山的畫，反倒讓我想起廚房備料的場面和洗碗水；最後，我遙望蒙馬特山丘古老鐘塔上的電報線，竟有如見邪惡絞刑台向整座城市伸出魔掌的印象。

所見之物讓我雙眼痛苦不堪，於是我望向閣樓對面那位顯赫人物的住所。

那裡可以見得新年的影響。僕人們的殷切程度與他們的新年禮物價值呈正比，無論是已收下或預期中的贈禮。我看見屋主穿越庭院時，臉上流露被迫表現慷慨的鬱悶神情；到訪的客人變多了，手捧鮮花、圓形紙盒或玩具的搬運工人緊跟在後。雄偉的大門突然打開，一輛簇新的四輪馬車在台階前停下，拉車的都是純種馬。這無疑是男主人贈予妻子的新年禮物，因為她親自到門前鑑賞那輛新馬車。沒多久，她帶著一個小女孩坐進去，車廂內滿是蕾絲、羽飾及天鵝絨，也滿載她將分送的新年禮物包裹。車門關上，窗戶拉起，馬車起步向前行。

如此這般，全世界都在今天交換祝福和禮物，唯獨我沒有什麼能贈予或是接受。可憐的獨居之人！我甚至不知道誰會是我的選擇，能讓我為他祈禱。

接著該讓我的喜樂新年祝詞出發，尋覓所有未知的朋友——他們失散在猶似在我腳邊發出低語的萬千人群汪洋當中！

首先是你，城市中的隱士，於你而言，死亡與貧窮在人群中創造了孤獨！你們是不快樂的工人，注定懷著憂鬱長時間辛勤勞動，在靜默孤寂中嚥下每日的麵包。你們遭上帝遺棄，得不到愛與友誼的醉人折磨。

祝福你，不切實際的夢想家，你目光定定望向北極星度過人生，卻對現實的豐收漠然以對！

祝福你，老實的父親，你延長自己的夜晚，以維繫家庭生計！祝福你，貧窮的寡婦，在搖籃旁垂淚工作。祝福你，年輕人，你堅決替自己開闢一條人生之路，而它寬廣得足以領你覓得鍾意的妻子！祝福你，所有勞動、犧牲自我的英勇士兵！

最後，祝福無論是何種頭銜與姓名的你，你喜愛良善，你憐憫受苦者；你彷彿象徵著拜占庭教堂裡的聖母形象行過人世間，向人類張開雙臂！

就在這當下，我的思緒被益發吵鬧的嘰喳聲突然打斷。我環顧四周，只見窗外圍著一群麻雀，搶食我沉思時隨手撒在屋頂的麵包屑。見到此景，一道光芒閃過我悲傷的心頭。方才我埋怨自己沒有東西可給予，無非是自欺：幸虧有我，此城此處的麻雀才能享用牠們的新年禮物！

正午十二點。一陣敲門聲傳來；有個窮女孩走進門，喊著我的名字致意。我一時想不起她是誰，但是她看著我，面帶笑容。啊！是波蕾特！可是我幾乎有一整年沒見過她，波蕾特已不再是當初那個女孩：那時她還只是個孩子，現在幾乎是個年輕女子了。

波蕾特纖瘦、蒼白，衣著欠佳；但她的神情始終一如當初的直率、坦蕩——同樣的雙唇，對每一個字送上微笑，彷彿在尋求對方的同情；同樣的嗓音，略帶羞怯卻流露情感。波蕾特稱不上漂亮，甚至可說相貌平庸；但我認為她很迷人。或許她並非如此，而僅是我單方面的想法。對我而言，波蕾特是最快樂的回憶之一。

這件事發生在一個國定假日的夜晚。繽紛燈火點亮了我們的建築地標，千面旗幟隨晚風鼓動，煙火也將火焰射向戰神廣場[2]中央。突然間，莫名的騷動在密集的人群中掀起一陣恐慌：眾人大聲叫喊，匆促地往前推擠；體弱者撲跌在地上，被驚慌的人群踐踏而過。我奇蹟似地從混亂中逃脫，想趕緊離開，這時，有個孩子瀕臨死亡的哭喊聲讓我停下動作：我回到混亂的人群當中，費盡力氣在生命交關之際救出波蕾特。

這已經是兩年前的事了：在那之後，我和這孩子許久未見，差點就忘了她；但波蕾特出於感恩，將之牢記在心，在一年之初前來表達對我的新年祝福。此外，她還帶來一盆盛開的桂竹香，是她親手種下照顧的：那盆花完完全全地屬於她，因為她的呵護、毅力和耐心，才得來手上這盆花。

桂竹香種在尋常的盆子裡；不過平日製作圓紙盒維生的波蕾特把盆栽裝進藤蔓花紋的亮面紙盒內。這品味不能說沒有進步空間，但我感受到的關心與善意並無半分減損。

這意外的禮物、小女孩略微泛紅的臉蛋、她結結巴巴的祝福，就像是一道陽光，驅散我內心縈繞的迷霧。我的心緒突然從夜晚的灰暗轉變成黎明時

2 戰神廣場（Champ de Mars）建於十八世紀，構成巴黎市中心的大片綠地；艾菲爾鐵塔的位置在廣場西北角。

分最明亮的色調。我招呼波蕾特坐下，心情輕鬆地問起她的近況。

小女孩起初只以單音節的字回答，然而情況很快就翻轉，變成是我不時插上幾句話打斷她的私密長談。這可憐的孩子過著苦日子，她從小無父無母，與哥哥、妹妹和老祖母同住，她總是說祖母「在貧困中拉拔他們長大」。

不過波蕾特現在能幫祖母做圓紙盒，小妹佩琳開始拾起縫衣針，而哥哥亨利則去當印刷學徒。若非工作上的損失和必要支出，一切都會順利的——若非衣服磨損、胃口變大，以及無法得到免費溫暖陽光的冬天來臨。波蕾特抱怨蠟燭燒得太快，還有花了太多錢購買柴薪。她們住的閣樓壁爐太大，一捆木柴在裡面簡直只像是一根火柴，而且閣樓離屋頂太近，一起風就會將雨水刮進家裡，一到冬天爐灶上頭還會漏水，他們只得棄置不用，遷就地用土鍋來做飯。波蕾特說祖母常提起附近有位掮客在賣爐子，但是他開價七法朗；目前家裡的艱難處境根本無法負擔如此花費：最後，這一家人因為經濟情況而屈從於忍受寒冷！

當波蕾特陳述時，我察覺自己漸漸擺脫了煩躁不安和低落情緒。這個做紙盒的小女孩所透露的第一樁心事，讓我暗地許下願望，而且很快就演變成一項計畫。我問起她的日常工作狀況，她說待會兒離開後還得與哥哥、妹妹及祖母同去拜訪幾位他們平時的雇主。我隨即打定計畫。我告訴這孩子自己晚上會去見她，然後致上謝意，送她離開。

我把桂竹香擺在敞開的窗旁，窗台上有束陽光向它表示歡迎；鳥兒在四周歌唱，天空已然清澈，這一天原本開始得陰沉無比，現在卻變得清澈明朗。我邊在房裡來回走著，邊唱著歌，接著匆匆戴起帽子穿上大衣，走出家門。

下午三點鐘。我和鄰居全談好了，他是個煙囪清掃工，會將我的舊爐子整理如新。我們預計五點出發，把爐子送到波蕾特祖母家裡裝設。

午夜。一切順利。我在約定時間來到老婦人的家裡；她還沒回來。我的皮蒙人[3]鄰居裝好了爐子，我則從自己的冬季存量中拿了十幾根柴薪，放進那大壁爐裡。我在家裡會用走動來取暖、或是早點休息彌補這些減損。每聽見一聲階梯上的腳步聲，我就為之心驚；我緊張得發顫，惟恐他們打斷準備工作，破壞了我準備的意外驚喜。幸好沒有！眼看一切準備就緒：爐子裡燒起的明火發出輕柔低語，桌上有盞小煤氣燈燃亮著，一瓶備用的煤油就擺在架上。煙囪清掃工已經先離開。原先惟恐這家人會突然返家的恐懼，現在已變成對他們遲遲未歸的不耐。我終於聽見孩子們的聲音，他們到家了：大伙兒推開門衝進來，但全都在驚詫中停下動作。

看見煤氣燈、火爐，以及彷彿魔術師般置身奇蹟之間的訪客，他們幾乎被嚇倒了。波蕾特最先明白了狀況，向這時才上樓走到家門的祖母解釋清楚。眼淚、狂喜與感謝隨之而來。

但驚喜還沒結束。小妹拉開烤爐，發現一些栗子剛烤好；祖母伸手觸摸擺在餐櫃上的一瓶瓶蘋果酒；我拿出藏在籃子裡的牛舌、一罐奶油和幾個新鮮麵包卷。

他們的驚喜立刻轉為崇拜，這個小家庭從未見過如此盛宴！他們攤平桌布，坐下來享用餐點；這是一席獻給所有人的餐宴，每個人都各有貢獻。我只帶了晚餐來，歡樂則由老婦人和她的孫兒女供應。

多少笑聲沒來由地爆發！多少不求解答的問題、或者不為任何問題的解答爭相提出！老婦人也感染了孩子們的喜悅！窮人忘卻自身不幸時所展現的安逸總能觸動我。他們習慣活在當下，在得到快樂之時便善加利用。而飲食過度的富人則難以滿足：他們需要時間點及一切條件皆合他們的心意時，才

3 巴黎常稱煙囪清掃工為皮蒙人（Piedmontese）或薩伏依人（Savoyard），因為他們通常來自法國這兩個地區。

肯感受快樂。

那一晚過得飛快。老婦人向我傾吐她的人生過往，時而微笑，時而拭淚。佩琳用她清新的年輕嗓音獻唱一首老歌謠。亨利告訴大家自己得幫忙送稿的那些大作家的大小事。最後，我們不得不道別，這幸福的一家人沒忘了再次表示感謝。

我放慢回家的腳步，全心、喜悅地回味今晚這簡單的活動。這給予我莫大的安慰與啟示。現在，新年對我不再毫無用處；我知道沒有人會不快樂到沒有東西可以給予，或沒有禮物可收。

回到家時，我看見富裕鄰居的新馬車，她也剛從晚宴返家。她急躁地躍下馬車的踏階，我聽見她帶著極度的不耐喃喃說著：「總算到了！」

而我，離開波蕾特一家人時說的是：「時光匆匆啊！」

II
狂歡節

Le carnaval

二月二十日

外頭太吵鬧了！那些吼叫與大喊是怎麼回事？啊！我想起來：今天是狂歡節[1]的最後一日，戴面具的人群正巧行經這裡。

基督新教一直未能禁止源自異教時代那些鬧哄哄的狂歡節慶，僅僅改變了這些節慶的名稱。賦予「放縱的日子」即意味著這些饗宴的結束、以及隨之而來的齋期；「carn-à-val」一詞的字面意義即為「向肉告別」[2]！接下來四十天將要向在《巨人傳》[3]書中受吟遊歌手讚頌的「美好小母雞與肥火腿」告別。人們藉由飽足來應對困頓，在開始懺悔之前則先徹底地罪過一番。

無論在哪個年代，我們為何總會在人群中見到類似的瘋狂節慶？我們是否該相信，人得下一番功夫才能理性行事，而弱者每隔一段時間也得放鬆休息？拉特拉普聖母修道院[4]的僧侶必須遵從戒律，保持沉默；他們每個月獲准說話一日，會在那天打從日出開始就彼此交談到日落。

或許世界各地皆然。因為我們全年都不得不保持體面、守秩序以及理性，所以在狂歡節時大肆狂歡，以彌補那漫長的約束。矛盾的幻想和願望一直都縮藏在我們腦海一角，狂歡節正是一道向它們敞開的大門。在那片刻奴隸搖身變成主人，就像在農神節[5]的時代；人人皆如「家族裡的傻子」一樣舉止隨興。

廣場上的叫喊聲加倍地傳來；面具隊伍的人多了起來——他們徒步、乘

1 狂歡節是歐洲傳統民間節慶，起源於《新約》中耶穌受魔鬼試探在曠野禁食了四十天的故事。信徒為了紀念耶穌，便在復活節的前四十天齋戒和懺悔；在進入苦悶齋期的前幾天，信徒會舉辦宴會來盡情吃喝慶祝——這便是狂歡節的前身。

2 「狂歡節」一詞源於拉丁文「Carnem levare」，意為在齋期之前「向肉告別」。

3 《巨人傳》（*Gargantua*）是十六世紀法國的重要文學作品。

4 拉特拉普聖母修道院（Abbaye Notre-Dame de la Trappe）是一座歷史悠久的修道院，建於十二世紀的法國西北部，是成員恪守會規的「嚴規熙篤隱修會」（Ordo Cisterciensis Strictioris Observantiae）發源地。

5 農神節（Saturnalia）是古羅馬節慶，期間社會常規翻轉，主人必須服侍奴隸。

坐馬車或是騎馬。對於想藉裝扮吸引他人目光、好奇或者羨慕的人來說，此時正是大好機會；明日大家都將返回工作崗位，呆滯而疲憊地重拾昨日的煩惱。

唉！我越想越苦惱，你我都好比那些假面舞者，我們的一生不過是場不堪入目的狂歡節！但是人都需要假期才能放鬆腦袋、讓身體休息，打開心胸。人若是沒有假期，還能享有這些原始的歡愉？長久以來，經濟學家都在尋找人類產業問題的最佳解決方法。啊！我只希望能在這當中找到運用空閒時光的最佳方式！從中看見它忙碌的一面並不難，但誰又能看見它輕鬆的一面？工作為每日帶來麵包，讓麵包有了滋味的卻是快樂。哲學家啊！去追尋快樂吧！為我們找到沒有暴行的娛樂，以及全無自私的享受；總而言之，請發明一種讓所有人都滿意、且不讓誰蒙羞的狂歡節。

三點鐘。我剛關上窗子，生起爐火。既然這是所有人的假期，我也要開始度假。於是我點亮大日子才讓它登場的小燈，煮一杯門房太太的兒子買來的東方[6]咖啡，然後從櫃上藏書裡找尋一位我最愛的作家。

首先是默東[7]那位有趣的牧師，但是他的筆下人物說話太過粗俗。接著是伏爾泰，可是他的嘲弄總令人灰心。再來是莫里哀，他使人思考，卻阻礙了歡笑。列薩吉[8]，且讓我們停在這裡。他的作品深刻而不沉重，他嘲諷惡行同時也宣揚美德。若是偶爾在他的文字裡嚐到苦澀，也總是裹著歡笑的外衣：他見得苦難而不鄙棄這個世界，知曉世上的懦弱詭計又不致投射恨意。

---

6 原文用語「Levant」在法文意指東方，常指涉義大利以東的地中海土地。

7 默東（Meudon）位於巴黎西南郊區。

8 勒薩奇（Alain-René Lesage）是法國十八世紀初的小說家與劇作家，後文提及的《吉爾·布拉斯》（*L'Histoire de Gil Blas de Santillane*）是他的代表作。

讓我們點召他書中所有的英雄人物……布拉斯、法布里斯、桑格拉多、格雷納達總主教、勒姆公爵、歐洛拉、西皮歐！汝等歡樂、或優雅之角色立於我眼前，占據我的孤獨；將狂歡節帶來此處取悅我，因你們是耀眼無比的假面舞者！

很不巧，在我如此祈願的同時，我想起自己得立刻動筆寫一封信，有個閣樓的鄰居昨日來訪，請我這麼做。他是一位樂觀的老先生，熱愛繪畫和版畫。他幾乎每天都會帶著一幅素描或油畫回家——那或許沒什麼價值。就我所知，他生活過得拮据，即使是我正要幫他寫的這封信，也顯示了他的貧窮處境。老人在英國結了婚的獨子剛過世，兒子的遺孀——未獲半毛遺產，還要撫養老母親和一個孩子——來信乞求一處居所。老人M．安東起初請我翻譯那封信，接著要我寫信拒絕。我承諾他在今天能拿到這封回信：我們應把履行承諾視為優先事項。

一張高級信紙擱在我眼前，我執筆沾墨，搓揉著額頭想找到靈感，這時才發覺字典不在身邊。這下可好，一個會說英語的巴黎人手邊少了字典，就像學步幼兒沒了引帶：地板在他的小腳下晃動，才踏出第一步就會摔跤。我隨即跑去找住在廣場邊的書本裝幀師，我把《強生英文字典》(*Johnson's Dictionary*, 1755)留在他那裡了。

大門半開著，我聽見低聲呻吟傳來。我沒敲門就走進去，看到裝幀師皮耶就站在室友床邊。後者高燒到產生幻覺，皮耶煩惱、不安地看著他。我從皮耶口中得知，他朋友今早病得無法下床，病況甚至隨著時間變得更嚴重。

我問他是否派人去請醫生過來。

「噢，當然，的確該那麼做！」皮耶粗魯地回答，「如果想請醫生，口袋裡可得有點錢，但這傢伙只有負債，沒存款。」

「可是，你不是他朋友嗎？」我相當驚訝地說。

「朋友！」裝幀師打斷我的話，「是啊，就像拉車的馬跟馬伕是朋友一樣——條件是各分各的糧，自己餵飽自己。」

「不過，你該不會打算就這麼走人，留下他在這兒自生自滅吧？」

「呸！他可以就這麼在床上躺到明天啊。我要去舞會。」

「你是說，就把他一個人丟在這兒？」

「哎呀！難道因為這傢伙神智不清，我就得錯過去庫爾維勒[9]享受舞會的機會嗎？」皮耶尖刻地回道，「我跟幾個朋友說好要在老迪諾耶家碰頭。那些生病的人可以自己喝點肉湯，像我的藥方就是白酒。」

皮耶邊說邊打開包袱，拿出一套華麗的水手服，一鼓作氣地換裝完畢。

我嘗試為這不幸之人喚起朋友情誼的努力落空，他就在皮耶身旁發出呻吟；皮耶的心思全被享樂的期待占據，很難聽進我的話。最後，他粗鄙的自私行徑激怒了我，我開始以責備代替告誡，聲稱他要為這般遺棄病人的後果負責。

這時正要離去的裝幀師停了下來，咒罵著重重跺腳。「難不成是要我把狂歡節用來燒泡腳水跟禱告？」

「你不能留下你的朋友無助地等死！」我回答。

「那麼就讓他去醫院！」

「他要怎麼自己去？」

皮耶似乎下定了決心。

「好吧，我帶他去。」皮耶開口：「而且我也能早點擺脫他。來，坐起來，朋友！」他出手搖晃這個連衣服都還沒換下的朋友。我看得出病人虛弱到無法走路，可是裝幀師不理會；皮耶拉他下床，半拉半扶著走到門房先生那兒，

9 庫爾維勒（Courtville）是巴黎人的夏季度假勝地。

對方趕緊替他們叫了出租馬車。我看著病人坐進馬車，幾近昏厥，身旁是個不耐煩的水手；他們一同出發了，其中一人或許會死，另一人卻是要去庫爾維勒花園間的饗宴！

六點鐘。我敲了敲鄰居的門，他前來應門；我把寫給他獨子遺孀的回信遞給他，信終於寫完了。安東感激地道謝，請我坐下。

這是我初次造訪這位長者的閣樓。沾著水漬的窗簾垂到地毯上，一座冰冷的爐子、一席稻草床加上兩把破椅就是屋內全數的家具。屋內盡頭有堆積如山的版畫，未裱框的畫作則倚著牆放著。

我進門時老人正在準備自己的晚餐，他將一些硬麵包皮浸在裝有糖水的玻璃杯中。察覺到我的目光落在有如苦行僧的食糧上，他看來有點難為情。

「這晚餐引不起你的食欲，好鄰居。」他微笑著說。

我說，在我看來這至少是一頓豁達的狂歡節晚餐。

安東搖搖頭繼續用餐。

「每個人都用自己的方式過節。」他重拾話頭，又拿起一塊麵包皮泡進玻璃杯中。「美食家有分好幾種，而且不是所有的饗宴都是為了滿足味覺；也有些是為了取悅耳朵和雙眼。」

我不自覺地環顧四周，像是在尋找那看不見的、用來彌補他這頓晚餐的饗宴。

他無疑讀懂了我的心思；因為他緩緩起身，對於將為之事自信十足而流露一股倨傲氣息。他在畫框間翻找後抽出一幅油畫，他伸手碰觸油畫表面，不發一語地將畫安放在煤氣燈的光輝中。

畫中是一個相貌端正的老人，正與妻子、女兒、其他小孩同坐一桌，隨著畫面後方樂手的伴奏唱著歌。我一眼就認出了這幅畫，因為我常在羅浮宮觀賞，我說這是一幅傑出的喬登斯[10]複製畫。

「複製畫！」安東大喊：「你就說這是一幅真跡吧，好鄰居，而且是魯本斯[11]潤飾過的真跡！看清楚那老人的頭、少婦的衣裳和飾物。擁有海格力斯[12]般雄渾筆力的畫家，他的一筆一畫是數得出來的。這不是一幅傑作而已，先生；這是無價珍寶，是時代遺跡！羅浮宮裡的畫或許是珍珠，但這幅絕對是鑽石！」

他讓畫靠著爐子，讓畫作放置在最好的光線下，隨後坐回原位拿起麵包皮沾著糖水，視線從沒離開過那幅絕美畫作。你會說眼前這幅畫作能讓麵包皮別具滋味，因為老人緩緩咀嚼，一點一滴地用盡玻璃杯中的糖水。他臉上的皺紋舒展開來，鼻孔擴張；正如他自己所言，這確實是一場「取悅眼睛的饗宴」。

「你看到了，我也有我的享受。」他以勝利的姿態點點頭說著。「其他人或許是在晚宴和舞會間穿梭，至於我，這是我給自己的狂歡節享受。」

「不過，假使這幅畫確實如此珍貴，想必價值不菲。」

「啊！是嗎！」安東用一種得意而淡漠的口氣說：「在景況好時，一位好的鑑定師或許會說它值二萬法朗。」

我退開幾步。

「而你買了下來？」我大喊。

「沒花多少錢。」他放低音量回答：「那些賣畫的掮客都是蠢蛋；我找

---

10 喬登斯（Jacob Jordaens）是十七世紀巴洛克畫派畫家，文中指的畫作是〈唱歌的老人與風笛手〉（*Les jeunes piaillent comme chantent les vieux*）。

11 魯本斯（Peter Paul Rubens）與喬登斯同屬巴洛克畫派，在安特衛普經營大型畫室，並擔任西班牙王室出訪歐洲的使節。

12 海格力斯（Hercules）是希臘神話裡半人半神的英雄，在大眾文化裡有著大力士的形象。

的那位誤把這幅畫當成是學生的臨摹習作，他讓我用五十個金路易[13]買下，現金交易！我今天早上付了錢，現在他沒法反悔了。」

「今天早上！」我重複道，不自覺地將目光投向安東先生請我寫給他獨子遺孀的拒絕信，那封信仍擱在小桌上。

他沒有注意到我的感嘆，繼續出神地凝視著喬登斯的畫作。

「多麼純熟的明暗技法！」他低聲咕噥，開心地咬著最後一塊麵包皮：「多麼超脫！多麼激情！到哪裡才能找到這種色彩的透明度！如此神奇的光線！多麼強勁！多麼自然！」

我不發一語地聽著，他卻誤以為我的詫異是佩服之意，拍了拍我的肩。

「你看到入迷了，」他愉快地說：「你沒料到會見到如此珍寶吧！你說我這筆交易做得如何？」

「很抱歉，」我沉重地回答：「但我認為你能做得更好。」

安東先生抬起頭來。

「什麼！」他大叫道：「你認為我是個會被畫作的真正價值給矇騙的人？」

「我既不懷疑你的品味，也不懷疑你的鑑賞能力；但我不禁想到，你為這幅描繪家人聚會的畫作所付出的錢，或許可以——」

「可以幹嘛？」

「用來得到家人，先生。」

這位長者看著我，神情不是憤怒，而是輕蔑。在他看來，方才我顯然證實了自己是個野蠻人，沒有了解藝術的能力，也不配欣賞藝術品。他沒有回話就起身匆匆拿起那幅喬登斯的畫，將它放回原先在版畫後方的藏身之所。

13 金路易（Louis）是舊法國金幣，當時一枚金路易相當於二十法郎。

這等於是下了逐客令；我向他道別，轉身離開。

七點鐘。當我再度踏進家門，我發現煤油燈上的水已經沸騰了，於是我趕忙磨好咖啡豆，備妥煮咖啡的用具。

對獨自生活的人而言，準備咖啡是最細膩、最教人著迷的家務事：這是單身漢的家務中的一項大事。

如此說來，咖啡正巧界於生理與心靈糧食的中間。它同時為感官和思緒帶來愉悅，特有的香氣讓腦袋愉快地運轉。咖啡是精靈，替我們的想像力增添羽翼，載我們飛往《天方夜譚》的國度。

當我整個人埋進我的老扶手椅，雙腳踏在熊熊火焰前的爐柵上，咖啡壺的歌聲——它彷彿正與我的爐具私語——撫慰了耳朵，阿拉比卡咖啡豆的香氣輕輕挑動嗅覺，拉低的帽簷遮蔽了視線，每一團芬芳的蒸氣都像是各有其獨特形貌。宛如沙漠中的海市蜃樓，每當蒸氣向上冒出，我就看見自己內心長久以來渴望成真的某個畫面。

起初水氣益發濃密，之後顏色逐漸加深。我看見有座小屋在山腰上：屋後是片山楂樹籬圈起的花園，有條小溪流穿越其間，我能在溪旁聽見蜜蜂嗡嗡作響。

眼前景色仍持續開展。那是一片栽種蘋果樹的田野，犁具與等著主人的馬兒依稀可見！在更遠處，樹林中迴盪著斧頭劈砍聲，我認出那間伐木人的棚屋，它屋頂上鋪覆草皮及樹枝；而在這片鄉間景象中，我彷彿看見自己的形體正漫步四處。那是我走在夢裡的幽魂！

已經沸騰而湧出氣泡的水面，迫使我不得不中斷冥想，準備將燒滾的水倒滿咖啡壺。接著我想起牛奶沒了；我從掛勾取下錫罐，下樓往牛奶舖走去。

丹尼絲大媽是來自薩伏依（Savoy）的強壯鄉下女子，她從小就離鄉背井來到這兒；而且有悖於薩伏依人的傳統，她沒再回過故鄉。儘管大家稱呼她丹尼絲大媽，她卻沒有丈夫也沒有孩子——而是因為她總是不倦的善意，而得到這名符其實的「大媽」之稱。

她是一位勇者！在她獨自與生活搏鬥的日子裡，透過工作、歌唱、或幫助他人，就這麼覓得一席安身之地，其餘的盡交付上帝。

我在牛奶舖門口聽見陣陣笑聲。店舖一角的地板上坐著三個孩子。他們身穿薩伏依男孩常穿的黑衣，手裡拿著大片麵包與乳酪。年紀最小的孩子把乳酪抹到眼睛了，這就是大家爆出笑聲的原因。

丹尼絲大媽指著男孩們。

「看看這些小乖乖，他們多開心哪！」她摸摸這嘴饞小傢伙的腦袋瓜說道。

「他沒吃早餐。」另一個孩子替他解釋。

「可憐的小東西，」賣牛奶的女人說：「他一個人被丟在巴黎街頭。他找不著父親，只有全善的神眷顧他。」

「因為這樣，所以妳才當他們的母親嗎？」我輕聲回話。

「我做的還不夠呢，」丹尼絲大媽邊量著我的牛奶邊說道：「不過，我天天從街上帶幾個孩子回來，讓他們至少能好好吃飽一餐。可愛的孩子！他們的母親會在天堂彌補他們……更不用說他們還讓我想起我家鄉的山嶺：當孩子唱歌跳舞，我就像是又見到我們的先祖。」說到這兒，她的眼裡盈滿淚水。

「所以妳對他們的好，也因為這些回憶而有了回報，是嗎？」我又問。

「是的！是的！」她說：「也因為有他們的喜悅！先生，這些孩子們的笑聲就像鳥兒的鳴唱，能讓你快樂，讓你有活下去的勇氣。」

她邊說邊切了些新鮮麵包和乳酪，還多拿了幾顆蘋果和一把堅果給他們。

「來，我的小親親，」她大喊：「把這些帶回去明天吃。」

隨後她轉頭告訴我：

「我今天把錢都給花光了，」她補上一句：「但我們大家都要過狂歡節才是。」

我一言不發地離開，感動得說不出話來。

最後，我發現快樂真正的樣子。見識過那種追求感官、及智識享受的自我主義者，我看見那秉意良善且快樂的自我犧牲。皮耶、安東先生和丹尼絲大媽都過了狂歡節，只不過對前兩人來說，那歡宴僅僅是感官或智識上的；而對第三人來說，那是一場心靈的饗宴。

III
窗景為我們上的課

Ce qu'on apprend en regardant par sa fenêtre

三月三日

有位詩人說人生是影子之夢境：他不如將人生比喻為發燒之夜晚！還有何種處境與此刻輾轉反側、下一刻旋即入睡相符！多麼不適！一再倏地驚醒！永遠解不了的乾渴！充滿苦痛而迷亂的幻夢深淵！我們既無法沉睡，卻也無法醒來；我們尋求安眠而不可得，在有所作為的邊緣突然止步。有三分之二的人類在遲疑間虛擲人生，另外三分之一則成日懺悔。

當我提到「人類」，其實指的是自己！我們生來如此，人人都將自身視為反映群體的鏡子：心中所想對我們來說似乎就是宇宙的歷史。每一個人都像是高喊地震的醉漢，只因為自己跌跌撞撞。

像我這樣一個在這世上打零工，在無人聞問的處所占居一角，沒沒無聞地被工作本身利用的窮人，為何會覺得茫然不安呢？我將告訴你們，我素昧平生的朋友，這些字句是為你而寫；我未曾謀面的弟兄，孤單它悲傷地叫喚著你；我想像中的知己，所有獨白都是對你傾吐，而你不過是我們心中良知的一道影子。

一件大事降臨我的人生！在我默默行走、未作他想的單調路上，突然有一條岔路開展在中央。兩條路出現在我眼前，我必須從中選擇。其中一條僅是我迄今追隨之路的延伸；另一條則相對寬廣，而且奇景處處。第一條路上並無可懼之物，但同樣也少有希望；另一條路則險峻無比，卻懷藏巨大寶藏。簡言之，問題在於我是否該為了那大膽的猜想而放棄我原以為會做到老死的卑微位置，而勝率永遠掌握在莊家手裡！我從昨日開始一直暗自思量；我比較過這兩條道路，但尚未做出抉擇。

我該往何處尋求啟示——誰能給我指引？

三月四日，星期日

看那太陽從冬日濃霧中探出頭來！春天宣告它的腳步近了，一陣柔和微風拂過屋頂，我的桂竹香也再次綻放。

我們即將置身在那青綠的甜美季節，十六世紀的詩句以如此豐沛的情感歌頌它：

歡快五月已至
萬物又是煥然一新；
最美的女士，也讓我
置身在你愛裡重新開展生命。

麻雀的啾啾聲呼喚我：討著我每天早晨撒給牠們的麵包皮。我推開窗戶，屋頂連綿的壯闊景象在我眼前展開。

只住二樓的人無從想像這般豐富的景致。他從未凝視過這些彼此錯綜、交疊的瓦色山峰；他未曾順著天溝往下看，那裡有頂樓花園的一片新綠如浪波動，有夜晚灑遍屋頂斜坡的暗影，以及落日點燃窗戶的閃閃如火光亮。他還沒研究過這些文明世界的高山植物景觀，地衣及苔蘚鋪蓋其上；他不識其間的眾多住民，從小昆蟲到家貓皆是——貓是屋頂間的狐狸，總是潛行、或埋伏著；他沒見過天空晴朗或多雲的千種風貌；也同樣沒見過光線的千變萬化，使這些上層區成為一座變幻無盡的劇場！多少次我的假日就在琢磨這般美景上度過，探索它更明亮或黯淡的情節。也就是說，我是在屋頂的未知世界追求遊歷的感受，而有錢遊客們卻在低處尋找！

九點鐘。可是長翅膀的鄰居們，為何還不來啄食我為牠們撒在窗前的麵包皮呢？我看到牠們飛離又復返，在窗框上棲息，對著平時總迫不及待享用的大餐嘰嘰喳喳！嚇到牠們的並非我的身影，因為牠們早已習慣從我手中取食。那麼，是什麼讓牠們害怕？我四下張望卻一無所獲：屋頂上空無一物，周遭的窗子緊閉著。我掰碎早餐剩下的麵包，用這一席豐足饗宴吸引牠們。鳥鳴聲漸漸變大，牠們低頭查看，最大膽的那隻振翅靠近，卻不敢降落。

好吧，我的麻雀亦成了某種愚蠢恐慌的受害者，讓巴黎證交所基金下跌的正是同樣的恐慌！鳥兒顯然不比人類明理！

想到這裡，我準備關上窗戶，突然驚覺在我右方的一片陽光下，有一道帶著兩只尖耳的陰影；我先是看見一隻爪掌，接著是一顆虎斑貓的腦袋出現在天溝一角。這狡猾的傢伙趴在那裡守著，期待這些麵包皮能帶來一些樂趣。而我居然指責這些嘉賓太過膽怯！我太過相信沒有危險能威脅到牠們！我以為自己已仔細看過各處，卻忘了自己身後的角落！

人生正如在這屋頂上，有多少不幸正起因於忽略了區區一角！

十點鐘。我無法離開窗前；雨水和寒氣讓它緊閉了太久，我得細看周遭才能再度占有它。我的目光一點一滴地搜索著混亂迷茫的景象，飄過或是停下，全取決於視線想往哪裡望。

啊！那是她們過去喜愛停駐的窗戶；她們是指兩位鄰人，我注意到她們截然不同的習慣。

一個是貧窮的女工，她日出前即起，入夜後身影仍會投映在那小小的薄棉窗簾上；另一個是年輕女歌者，她花俏的歌聲偶爾會斷斷續續地傳到我的閣樓。從她們開著的窗戶望去，女工家雖簡陋仍適宜居住；另一人的房間則是佈置典雅。不過，今天有群商人擠在女歌者的房裡：他們拆下絲綢幃幔，搬走家具。這時我回想起，女歌者今早戴著面紗行經我窗戶底下，腳步匆匆，好似有煩惱縈繞心頭。啊！我猜到了。她因為購置奢侈品或是遭逢某些意外，不幸耗盡財富，如今生活已從奢華落得一貧如洗。另一方面，那個女工不僅設法保住她的小居所，而且憑藉持續辛勤工作，將之佈置得舒適宜居，至於女歌者的家已淪歸拍賣販子所有。一方在成功的浪頭上發出片刻光芒；而另一方則是沿著卑微、付出勞力的海岸線緩緩地穩健航行。

唉！這難道不是對我們所有人的一記教訓？智者真的該投入經年的氣力與自由於此危險實驗當中，以求最終揭曉將面對的是財富或毀滅？他應該視生活為賺取日薪的例行工作，或是單憑幾把投擲就決定未來的一場賭局？為何要往渺茫機會所承載的風險走去？幸福是否真是盛大成功的獎賞，而非睿智地接受貧窮處境的禮物？啊！喜悅能在這麼小的住所裡存在，而這麼少的花費就能將其佈置得當，要是大家懂得這些事就好了！

十二點鐘。我雙臂交疊、盯著地板，在閣樓裡來回走了好一陣子！我的疑慮漸增，就像陰影逐步侵蝕著某片光亮；我的恐懼倍增，躊躇使我分分秒秒越加痛苦！我必須在今晚之前做出抉擇！握著決定自己未來的骰子，我卻沒有膽量投擲。

三點鐘。天空變得陰沉，冷風開始從西邊吹來；原本為了迎接今日美好陽光而敞開的窗戶全數再度關上。只有住在對街最高樓層的房客尚未離開陽台。

從他規律的步態、灰白鬍鬚和裝飾衣服扣眼的緞帶，能得知他是名軍人。其實從他對那空中小花園投入的悉心照料也能略知一二。所有老兵皆特別喜愛兩項事物——花朵與孩童。他們長久以來被迫將大地視為戰場，與靜謐之地的平靜喜樂無緣，他們的人生似乎在他人行將就木的年紀才真正開始。他們的年少滋味受戰爭嚴厲的職責壓抑，卻在白髮蒼蒼之際突然再度湧現，好似在老年時才又動用的青春積蓄。此外，軍人長久以來都被譴責為毀滅者，或許他們能在創造之中獲得私密的喜悅，並且目睹生命再度茁壯：對於那些曾是強硬武力的代理人來說，弱者之美帶有更多優雅的吸引力；在這些死神手下的老工匠眼中，看顧脆弱的生命初芽則有無比新奇的魅力。

因此冷風沒能讓我的鄰居離開陽台。他挖著綠盒子裡的土，小心翼翼地播下緋紅金蓮花、牽牛花和香豌豆的種子。此後，他會天天前來查看種子是否發芽，保護幼苗不受雜草或昆蟲侵害，佈好細繩讓籐蔓攀附，而且仔細地調節植物所需的水與光！

要付出多少心力才能有理想的收成！為此，我將見到他會有多少次就像今天這樣，無懼寒冷或炎熱、強風或太陽！但當炎炎夏日到來，當遮蔽視線的塵土在街道上團團旋舞，當雙眼被白泥牆上的強光照得眩目、不知能望向何方，而灼熱屋頂反射的高溫又讓人有如烈焰焚身之際，這位老兵將安坐在他的棚架下，感受到的唯有綠葉和花朵包圍，而微風會穿過這些芳香綠蔭，襲來清新的涼意。他的悉心照料終將獲得回報。

如果我們想欣賞花朵，那就得播種、照料它成長。

四點鐘。在地平線上聚攏已久的雲層變得烏黑；雷聲大作，雨勢狂瀉而下！身陷雷雨中的人四處逃竄，有人笑著，也有人喊著。

我能從這些驟雨所致的倉皇失措中得到某種消遣。受到意外侵襲時，人人似乎都拋開了這世界或習慣所賦予的虛假性格，展現出自己的真實面目。

舉例來說，你看，那個腳步沉穩的大塊頭男人，他突然忘掉自己特意偽裝的冷漠，像個學童一樣跑了起來！他是一位節儉的都會紳士，渾身時髦裝扮，擔心雨會毀了帽子。

相反地，那邊那位漂亮的年輕女士看似端裝穩重，衣著精巧，在雨勢加劇之際卻放慢步調。她似乎在面對暴雨時找到了樂趣，毫不在意冰雹弄髒了身上的天鵝絨斗篷！她顯然是隻披著羊皮的母獅。

這裡還有個路過的年輕男子，他停步伸手接住冰雹，細細觀察。以他有條不紊的明快步伐，你會認定他是跑行程的稅務員，但此時他卻是一位年輕哲學家，研究著電力的影響。而那些學童的隊伍四散，跟在突然刮起的三月強風後頭奔跑；那些女孩原本那麼文靜端莊，現在也大笑著飛奔；那隊國民兵也拋下執勤時的軍人風範，跑到門廊下躲雨！所有的轉變全因為暴雨而起。

看哪，雨勢更猛烈了！就連最堅強的人也得找個遮蔽處。我看見大家衝向我窗前的那家店鋪，那店外貼著出租告示。那已是短短幾個月來的第四次。一年前，木匠和油漆工還在精巧地美化它的門面，但這些成果已因為太多租戶搬遷而毀損；泥巴掩去了立面飛簷的面目；門上貼的求售告示糟蹋了下方的幾何花紋。租戶每換一次，這間美麗的店鋪就會少一點裝飾，如今它已然空空蕩蕩，對著路人門戶大敞。這店鋪的命運和許多人的多麼相似，不斷變換工作只加速了毀滅！

最後這個反思讓我心有所觸動：打從今早開始，所有事物似乎都以同樣的警示對我出聲。所有事物都在說：「當心！對於你卑微卻快樂的處境要知足；唯有堅定能長保幸福；別為了躲進陌生人的羽翼下而放棄舊有的守護者！」

口出此言的是外在之物，或者警告其實來自內心？莫非就是我將此言語加諸於周遭事物上？世界不過是種樂器，是我們憑意志使其發聲。而這樂器若能授予我們智慧，又有何妨？我們心頭低聲響起的總是和善的聲音，因為它們告訴我們「我們是誰」，亦即我們有何才能。惡行很大一部分往往源自於我們誤解了天命。這世上的愚蠢及虛偽者比比皆是，因為罕有人能有自知之明。問題不在於去找到是什麼適合我們，而是找到我們適合什麼！

在眾多純熟的金融投機者中，我該如何舉措？我只是可憐的麻雀，出生於屋頂間，而且總是得畏懼那蟄伏暗處的敵人；我是謹慎的工人，我應時時念及那些突然消失的鄰人的遭遇；我是怯弱的觀察者，應當謹記老兵慢慢栽培的花朵，或是因為租客不斷變換而毀去的店舖。

遠離我吧，達摩克里斯之劍[1]高懸席上的盛宴！我是一隻鄉下老鼠，給我些許堅果加上樹洞，除了安全之外我別無所求。

為何要無止盡地追求財富？難道用大玻璃杯飲酒能喝下更多？平凡是孕育和平與自由的豐足女神，但普世對於平凡的恐懼從何而來？世上有種超乎所有個體的邪惡存在，那是學校教育應當預先顧及的攻破目標！若是能除去這種邪惡，可避免多少叛國罪行和背德之事，就此永遠打破連串的犯罪與暴行！我們盛讚慈善之舉及自我犧牲，但首要之務是去獎賞節制，因為那是最偉大的社會美德。即使節制不事創造，它也代替了所創造之物而存在。

六點鐘。我寫了一封致謝信給新投資事業的發起人，拒絕他們提議的職位！這個決定讓我重獲心靈平靜。我就像那名補鞋匠[2]，沉浸在致富希望後便不再歌唱：這期望已遠去，而幸福重臨！

噢，親愛且溫柔的**貧窮**啊！原諒我曾一度想逃離您，一如我想逃離**需索**。

請您與可愛的姐妹們——**憐憫**、**忍耐**、**清醒**和**孤獨**一同永遠留下，做我的女王和導師，教導我人生的嚴峻責任，將內心的軟弱及成功所致的眩暈驅離我的居所。神聖的**貧窮**！請教我忍耐而不埋怨、好施而不吝嗇，教我尋求比快樂更高尚的生命終點，遠遠地超乎權勢。您賦予肉體力量，您讓心靈更加堅定；因為您，我在這被富裕緊緊羈絆、彷彿緊附於岩石般的此生，能化身為一艘可由死亡切去船纜、卻不會帶來絕望的小舟。請繼續做我的支柱，基督曾冠以至福稱號的貧窮啊！

1 達摩克里斯之劍（Sword of Damocles）常用來比喻潛藏危機隨時可能發生，或者末日將至。

2 出自法國作家拉封丹（Jean de La Fontaine）的寓言〈鞋匠與財主〉：有名鞋匠成天快樂地歌唱，吵到住在隔壁的財主。財主不堪其擾，給了他一筆錢；之後鞋匠卻開始憂心錢財遭竊，最後無法入眠亦無心歡唱。

IV
互愛

Aimons-nous les uns les autres

四月九日

美好的夜晚復歸，樹木開始萌發嫩芽；風信子、水仙花、紫羅蘭及紫丁香芬芳了賣花女孩的提籃——世人又開始在碼頭邊和林蔭大道上散步。晚飯後，我也步下閣樓呼吸夜間的空氣。

這正是巴黎盡顯美麗的時刻。白天時，房屋灰泥牆面一成不變的白困乏了雙眼；滿載貨物的大車使得街道在巨輪下顫動著；而急迫的群眾相互推擠，惟恐錯失一秒生意良機；城市的整體印象混雜了嚴酷、不安與忙亂。然而，一旦星辰現身，一切全都改頭換面——白屋的眩光在陰影聚攏下熄滅；你只會聽見馬車搖搖晃晃地趕赴歡樂派對的聲響；你只看見晃遊者和無憂無慮的人從身旁走過；工作已讓位給空暇。歷經白日激烈的工作競賽後，此刻人人得以喘口氣，若還有氣力就用來盡歡！看那舞廳燈火通明，劇院開敞大門，沿路餐館美食羅列，還有報攤上閃爍的燈火。巴黎斷然放下筆桿、尺規，還有圍裙；白日用於工作後，夜晚必須用來享受；就像希臘底比斯（Thebes）奴隸主所言，「正經事明天再談」。

我喜愛參與這歡樂的時光，但並非融入一般的享樂當中，而是細細思考。如果他人的享樂會激怒善妒者，它同樣能堅定謙卑的靈魂；彷彿陽光，讓名為「信任」與「希望」的美麗花朵綻放。

儘管獨自置身在開懷的人群當中，我也不覺得自己隔絕於世人，因為他們的歡愉讓我省思：他們與我同為人類，是我的家人，他們享受著生活，與我形同手足般分享其幸福。我們都是這場俗世征途的同袍弟兄，勝利的榮耀落在誰身上那又何妨？如果幸運女神忽略了我們，未加眷顧，將恩典施於他人，且讓我們安慰自己，就像帕曼紐[1]的朋友說：「那些人也是亞歷山大啊。」

我邊默想邊往前走，像是一場冒險。我從人行道一側穿越至另一側，復又折返；我在商店前駐足，或者瀏覽傳單。巴黎街上有多少新奇事物啊！這簡直是個博物館！沒見過的水果、異國的武器、舊時或他方的家具、生存在萬般氣候下的動物、偉人雕像、遙遠國度的服飾！在這裡，從眼前事物就能看見整個世界！

我們再看看這群人，他們的知識都得自店家櫥窗和商家展示的貨品。他們不曾得人傳授過什麼，卻對所有事物都有粗略理解。他們見過契威餐館端上桌的鳳梨、巴黎植物園裡的棕櫚樹，還有在新橋[2]上叫賣的甘蔗。在瓦倫亭廳展覽的美洲印地安人，教他們學會模仿跳起野牛舞[3]，抽起象徵和平的卡利梅長管菸斗[4]；他們看過卡特馬戲團如何餵食獅群；從巴賓的收藏品裡認識民族服飾；古皮爾[5]展示的印刷品把非洲老虎狩獵活動和英國議會實況送到他們眼前。他們站在《倫敦新聞畫報》[6]辦公室門口，開始熟知維多利亞女王、奧地利親王與柯許[7]。我們當然能多增廣他們的知識，卻已無法讓他們驚訝，因為他們眼底已無新鮮事。你儘管帶著巴黎的街頭頑童走遍世界五大洲，在你以為他會大開眼界的每一處奇景前，他會以他出身階級的流行語斷然作評——「我知。」

然而讓巴黎有如一場世界博覽會的諸多展覽品，不僅為路人提供一種學習管道，更是激發想像力的持續刺激，也是我們眼前那座視野高梯的第一階。我們觀看展覽品時，憑藉想像歷經了多少次旅程、編織了多少冒險夢、又描繪出多少畫面！每當我造訪中國澡堂[8]附近那家商店，看著來自佛羅里達茉莉

---

1 帕曼紐（Parmenio）是馬其頓王國的名將，曾隨亞歷山大大帝遠征波斯。

2 新橋（Pont Neuf）建於十七世紀初，是塞納河上最古老的橋。

3 北美原住民通常在每年野牛群遷徙回歸時舉辦盛宴，跳舞慶祝。

4 卡利梅（calumet）是北美原住民於祭典使用的菸斗，各族的菸斗材質、形狀均有不同。

5 古皮爾（Eugène Goupil）是十九世紀法國收藏家。

6 《倫敦新聞畫報》（*The Illustrated London News*）一八四二年創刊，是世界首份採用插圖的新聞週報。

7 柯許（Lajos Kossuth）是十九世紀匈牙利革命家。

8 中國澡堂（Les Bains Chinois）是十八至十九世紀間，位於巴黎的中國式建築高級澡堂。

花園[9]綴滿木蘭花的織錦掛毯時，我沒有一次不見《阿塔拉》[10]描述的新世界林間草地就在我眼前逕自開展。

那麼，在這番對事物之細究、以及理性的論述使你漸感厭倦之際，看看四周吧！在人群中能見到多麼大異其趣的身型與臉孔！多麼廣闊的冥想練習場域！半瞥見的浮光掠影或是議論者擦身而過的隻字片語，開啟你想像中的千種遠景。你希望理解這些不完整的啟示，然後，像是古物學者致力破解舊石碑上殘缺的銘刻，憑藉一個手勢或文字建構歷史！這是心靈劇烈的遊戲，從虛構中得到跳離現實沉悶乏味的解脫。

唉！方才我行經一座大宅的馬車出入口時，留意到歷史的其中一樁悲傷的主題。有個男子坐在最陰暗的角落，他頂上光禿，手拿帽子正乞求路人施捨。他破舊的外衣看起來整齊乾淨，意味這般窮困已然經歷漫長的掙扎。外套鈕扣仔細地扣著，以掩飾他需要一件襯衫。灰髮蓋去了他半邊臉孔，他雙眼緊閉，像是要逃避自身受辱的景象，而且靜止不動，不發一語。走過的路人完全忽視這個默默坐在暗處的乞丐！他們慶幸自己未受乞丐訴苦或糾纏，而且樂於移開視線。

突然間，大門順著鉸鍊打開，一輛載重沉沉、吊著銀製煤油燈的馬車緩緩駛出，由兩匹黑馬領頭向日耳曼德佩區[11]前行。我只能辨識出車廂裡閃爍的鑽石以及舞會服裝的花飾；煤油燈的強光彷彿在乞丐蒼白的臉上劃出一道血痕，照亮了他的神情——他睜眼望著富人的馬車，直到車身消失於夜色裡。

9 茉莉花園（Jessamine Gardens）設立於十九世紀末，主要培育花木、經營種子生意，並於世界各地展出。

10 《阿塔拉》（*Atala*, 1801）為法國作家夏多布里昂（François-René de Chateaubriand）所作，描寫十八世紀英國探險家在北美的見聞。

11 聖日耳曼德佩區（Faubourg St. Germain）是巴黎許多貴族的住所。

我朝他伸出的帽子投下一點錢，而後快步離去。

我剛才意外地撞見為禍當代的惡疾中最可悲的兩種祕密：苦於需求者那含有嫉妒的恨意，以及生活富裕者出於自私的遺忘。

散步的所有喜悅頓時煙消雲散，我不再環顧四周，遁入自我內心。街道上活躍而流動的景象不再，取而代之的是省思四千年來寫在底層每一人掙扎求生的萬般苦痛，而這問題在今時今日卻又格外清晰。

我深思那些千萬次無謂的爭鬥，勝與敗不過是彼此交互輪替；我也思考著那些由走上歧路的狂熱分子一代代重演的該隱與亞伯的血腥歷史。沉痛省思加重了悲傷，我信步行走，直到周身靜默讓我不自覺從思緒中抽離。

我來到一條偏遠的街道，崇尚舒適而非炫耀者、或專注省思之人將樂於定居此地。昏暗的街道上不見任何店家，只聞見遠方馬車聲響和一些居民悄然回家的腳步聲。

儘管只來過一次，我立刻認出這條街。

那已是兩年前了。當時我走在塞納河畔，碼頭與橋梁上燈火搖曳，宛如點點星光將湖面環繞；走到羅浮宮時，我被圍聚矮牆前的群眾擋住，他們圍著一個年約六歲的小孩；小孩正哭著，我上前探問他為何流淚。

「好像是家人讓他來杜樂麗花園散步。」一名拿著抹泥刀下班經過的泥瓦匠告訴我：「照顧他的僕人在花園那兒碰見了朋友，叫這孩子等他，說要去喝杯酒；但我猜想喝了一杯只會想喝更多，因為他一直沒回來，而這孩子也不知道怎麼回家。」

「怎麼不問問他的名字，還有他家住哪裡？」

「他們已經問了一個鐘頭；但他只會說他叫查爾斯，他父親是杜瓦爾先生——但巴黎叫杜瓦爾的人可有成千上萬個啊。」

「那麼他也不知道自己住在城裡哪一區？」

「沒錯！你看不出他是好人家的小孩嗎？出門不是坐馬車就是有僕人伺候；他不知道落單的時候該怎麼辦。」

這時泥瓦匠被其他人大聲的討論給打斷。

「我們不能讓他就這樣待在街上。」有人說。

「拐小孩的騙子會把他抱走。」其他人接口。

「我們應該帶他去管理員那邊。」

「或是去警察局。」

「就這麼辦。來吧，小傢伙！」

但那孩子聽到自己可能有危險，還有警察和管理員的名號，哭得又更響了，而且嚇得退回到矮牆邊。眾人試圖說動他卻沒有效果，恐懼也讓他越來越抗拒。就連最熱心的人也都不免灰心之際，混亂中傳來一個男童的聲音。

「我認得他——真的。」他看著走失的孩子說道：「他住在我家那一區。」

「是哪一區？」

「那邊，就在大道另一邊——在馬加辛街。」

「那你以前看過他嗎？」

「當然！他是街尾那棟大屋的小孩，鐵柵門上有金色尖刺的那一戶。」

那孩子立刻抬起頭，止住哭聲；男童則一一應答眾人拋出的問題，鉅細靡遺，無庸置疑。小孩聽懂了男童的話，他挨近男童，像是要男童保護自己。

「那你可以帶他去找他父母嗎？」泥瓦匠問；男童的描述讓他聽得興味盎然。

「這不難，」他回答：「我正要往那裡去。」

「那你會照顧他嗎？」

「他只要跟著我一起走就行了。」

接著，男童拿起他放在路面上的提籃，朝羅浮宮後門走去。

走失的小孩跟在他後頭。

「希望他能順利帶他到家。」我看著他們離開時這麼說。

「別擔心，」泥瓦匠回答：「穿罩衫的那個男童跟另一個約莫同年，但就像俗話所說，他懂得分辨黑白。你看，貧窮可真是位名師啊！」

人群散去。我往羅浮宮走去；突然有了跟著那兩個孩童的念頭，好確保一路上不出差錯。

不久後我趕上他們的腳步；他們兩人並肩走著，邊說著話，已經變得很熟悉彼此了。他們衣著的對比觸動了我。小杜瓦爾穿著那種昂貴卻不失高雅的童裝，他的外套剪裁精良合身，長褲自腰間垂墜在帶有珠貝釦飾的漆皮短靴，而他的一頭捲髮則半藏於絨帽下。至於小杜瓦爾的領路人，他的外表恰好相反，是徘徊於貧窮邊緣、卻仍堅毅固守防線的那一階級。他老舊的罩衫上有幾塊顏色不一的補丁，暗示家中有位母親刻苦不休地對抗時光的拖磨；

他的長褲太短了，露出一再縫補的襪子，而且鞋子尺寸明顯不合腳。

這兩個孩子的面容差異並不亞於衣著。第一個孩子柔弱而秀氣，他清澈的藍眼、細緻的皮膚以及微笑的嘴角，讓他有著天真而幸福的可愛模樣。相反地，另一個孩子氣質粗野，他的眼神靈動，皮膚黝黑，有著近乎精明而非快樂的笑容；這些全都表現出一個因經驗磨礪而早熟的心靈。他大膽地穿越馬車聚集的街道中央，走過無數的拐彎處時沒有半點遲疑。

我上前問他，得知他每天都替他在左岸工作的父親送飯，這份責任使得他謹慎而細心。他已經習得那些困難但有力的必經教訓，這些教訓沒有什麼能夠等同或取代。不幸的是，家境貧困使得他未能就學，他似乎也對此感到失落；因為他常在印刷廠前駐足，要同伴念出刻印在版上的名稱給他聽。

我們就這麼走到了波努威爾大道（Boulevard de Bonne-Nouvelle），迷途的孩子似乎認得路了。儘管疲憊不堪，但他加緊腳步；混雜的情緒讓他相當激動；當家門映入眼簾，他放聲大哭，朝帶有金色尖刺的鐵柵門跑去。站在大門口的一位女士將他擁入懷中，從她喜悅的驚呼和親吻孩子的聲音，我知道這位女士就是孩子的母親。

先前她不見僕人和小孩返家，於是差人四處尋找，焦急萬分地等待回音。我向她簡短地解釋了原委。她親切地致謝，隨後回頭尋找認出她孩子、並帶他回家的小男童。然而在我們談話時，這孩子已不見蹤影。

這是我在那之後第一次再度來到這一區。那名母親是否依然心懷感激？那兩個孩子可曾再見面？初識的美好緣分是否消弭了界定彼此階級差異的隔閡，而沒將兩者分開呢？

我這麼自問時，放慢了腳步，目光停駐在方才認出的大門上。突然間，我看見門打開，兩個孩子現身門邊。雖然他們長大了不少，但我一眼就認了出來；一個是在羅浮宮附近迷路的小孩，另一個是他的小小領路人。不過後者的衣著有了很大變化：他的灰布罩衫整潔得近乎發亮，腰間繫著漆皮皮帶，穿著一雙厚實而合腳的鞋子，頭上戴了頂新布帽。我看見他的當下，他雙手捧著一大束丁香花，而他的同伴正試著放上水仙和櫻草；這兩個孩子笑著，親暱地互道再見。一直等到他轉進街角，小杜瓦爾才走進家門。

我向離去的男孩打了招呼，提起我們前次的相遇；他盯著我瞧了一會兒，似乎認出我來。

「請原諒我沒向你彎身行禮，」他開心地說，「我想這麼做，但手裡拿著查爾斯先生給我的花束。」

「那麼你們變成好朋友囉？」我說。

「噢！我想是的，」小童說：「而且現在我父親也很富有！」

「怎麼說？」

「杜瓦爾先生借了他一筆錢；他買下一間店自己經營；而我呢，我去上學了。」

「是嗎，」我回答，留意到他的小外套上別著十字徽章：「我看到你現在是班長了！」

「查爾斯先生幫助我學習，所以我成為班上第一名。」

「你現在要去上課嗎？」

「是的，他給了我一些丁香花，因為他有座花園，我們會在那兒一起玩耍，我母親也因此總是能收到花。」

「這麼說，你就像是共享了那座花園。」

「是啊！噢！他們真是好鄰居。我到了；再見，先生。」

他微笑著向我點頭，而後離開。

我繼續走著，仍在沉思，卻滿心寬慰。如果說我曾在他處目睹富足與匱乏之間的沉痛對比，那麼我在這裡則發現了富人與窮人之間的真切團結。誠摯的善意撫平了雙方崎嶇的不對等，在卑微的工坊和莊嚴豪宅之間，打通了一條鄰人與夥伴真切情誼的道路。他們兩人聽從的都是自我犧牲而非利益的呼喚，全無輕蔑或嫉妒。於是我在此見到的是快樂的工人之子手捧花束給予富人祝福，而非衣衫襤褸之乞兒咒罵富人的景象。這個討論時若只顧及正當性會如此困難、如此危險的問題，我方才見證到它能以愛化解。

V
補償

La compensation

五月二十七日，星期日

大都市有個特別之處：休假日彷彿是全體市民疏散奔逃的信號。有如剛剛重獲自由的飛鳥，大家從石籠中脫身後，快樂地飛往鄉間。這些人在青綠的小丘上席地而坐、或在林蔭下乘涼；他們採集五月的花朵，在田野間奔跑。那座城市被眾人遺忘，直至入夜，他們歸來時帽子上插著開著花的山楂樹枝，內心洋溢著這一天的愉快心情與回憶；翌日，他們將再背上工作的枷鎖。

這般田園歷險在巴黎最是明顯。天氣好時，職員、商店老闆和工人無不不耐地盼望週日到來，好能享受數小時的鄉村風情。他們在近郊走過六英哩的小販攤舖以及公共住宅，只為找到真正的蕪菁田。父親開始向兒子實境教育，讓他看看還沒做成吐司的小麥，以及「野生狀態」的甘藍菜。上天才知道這一路上會有何種遭遇、發現，以及探險！有哪個巴黎人沒去過郊外體驗自己的奧德賽遠行，又有誰寫不出能與名著《巴黎至聖克盧的海陸遊記》[1]匹敵之作？

這裡所談的並非來自各方的流動人口——我們這座法蘭西的巴比倫[2]對他們而言有如一間歐洲大旅舍：他們是一大群思想家、藝術家、商人、旅者，一個個都有如荷馬筆下的英雄人物，而在親眼見過「各形各色的人物與城市」之後，已抵達他們的知識國度。這裡所談的，是定居在此的巴黎人，他們習於待在自己設備齊全的家，安住在自己的那層樓房，一如牡蠣吸附於岩石——安住在舊時那緩慢且簡樸的古怪廢墟之中。

巴黎的其中一個奇特之處，就是有二十種性格、舉止截然不同的族群在

1 《巴黎至聖克盧的海陸遊記》（*Le Voyage de Saint-Cloud, par Mer et par Terre*）是十八世紀出版的旅遊手冊，由 Louis-Balthazar Néel 所著。

2 指巴黎。

此融和。有那些經商、從事藝術以四海為家的族群，他們經歷過大起大落與幻想奇景；此外，也有那種獨立、工作規律的無聲族群，他們的存在有如時鐘面板，指針會按時間走到相應的位置。彷彿沒別座城市能展現更精采澎派的生活形式，同時亦能容納默默無名的寧靜人生。大城市如同一片汪洋：風暴只在海面激起浪濤；若是潛至海底，你會發現騷亂和喧囂無法觸及的地帶。

我雖然已定居在這個地區的邊緣，卻不是真正住在這裡。我擺脫世間的混亂，生活在孤獨的藏身處，卻無法不念及現下的掙扎。我隔著一段距離關心所有幸福或悲傷之事；我參加宴席及葬禮；凡事關注、且知曉一切動靜的人該如何置身事外？只有無知，能讓我們對周遭生活漠然無感：自私本身還不是主要原因。

這些是我利用做家務事的空檔，在閣樓裡的獨自思索，沒有家僕的單身漢只得自己動手處理家務。在我探求推論之際，也擦好了靴子、刷淨了大衣，同時綁好領巾；終於到了能得意地說一切皆已完美達成的關鍵時刻。

剛才的重要決定，讓我背離了自己的平日習慣。我昨晚看見公告上寫著塞夫爾[3]明日有個節日活動，當地的瓷器工廠會對外開放。受到晨間美景的誘惑，我突然決定前往塞夫爾。

來到左岸的車站時，我注意到人群因為害怕遲到而行色匆匆。鐵路除了其他諸多好處之外，也有教育法國人守時的優點。當他們相信時鐘是其主宰，將會順服其下；當他們發現時間不等人，他們將學會等待。社會美德幾乎等同於好習慣。有多少優秀特質是由於地理位置、政治需要和制度習俗而植入各個民族當中！例如鐵幣的發明一度曾遏止了斯巴達人的貪婪，因為它過於

3 塞夫爾（Sèvres）位於巴黎西南近郊。

笨重、龐大，不易囤積。

我在車廂裡看見兩位中年女士，她們已經退休並居於家中，是我先前談到的那種巴黎人。幾句客套話就足以讓我得到她們的信任，不出幾分鐘我已熟知兩人的一切來歷。

她們是一對清貧的姐妹，十五歲便失去雙親，之後就如同那些為了謀生而工作的人一樣度過大半生。過去這二、三十年來，她們都在同一間店舖內製作首飾，見過十位店主賺得財富後相繼接任，而她們自身的命運卻毫無改變。她們一直住在聖德尼街上某條死巷子盡頭的一間房裡，既不通風也不見天日。她們在日升之前開始上工，直至夜幕低垂，年復一年，生活中除了週日禮拜、散步或者生病，再也沒有其他任何事件。

這對可敬的女工之中，較年輕的那位是四十歲，她從小便順從姐姐。較年長那位則以母親般的溫柔對她百般照顧，有時也會予以斥責。此情此景起初顯得逗趣，隨後定會看見這兩位銀髮孩童之間的動人情感：一位放不掉順從的習慣，另一位則忍不住要保護對方。

我的兩位同伴不僅看起來比實際年齡年輕，而且所知甚少，一路上因而驚呼連連。火車還未抵達克拉瑪爾鎮[4]，她們就像孩子在遊戲裡假扮的國王那樣不由自主地大聲說著：「想不到世界這麼大！」

這是她們第一次搭乘火車冒險，她們突發的震驚、擔憂以及勇敢決心看來相當有趣：這一切對她們來說都是奇蹟！她們內心猶然青春，所以仍能感知那些我們唯有在童年時才會受到觸動的事物。可憐的人兒！儘管風采已不再，但她們仍擁有那個時期的感受。

她們節制了人生中的所有喜樂，這般簡樸單純當中難道沒保有某些神聖

4 克拉馬爾（Clamart）位於巴黎西南郊區的上塞納省，與默東比鄰，舊時是開採白堊石的礦場。

的事物？啊！膽敢想出「老小姐」這種戲謔稱呼的始作俑者理當受詛，這謔稱讓人回想起許多悲慘騙局、淒涼以及遭人遺棄的回憶！挖苦他人迫不得已的不幸、為白髮冠上荊棘者皆應受詛！

這對姐妹名叫法蘭西絲和梅德琳。今天的旅程是她們人生史無前例的壯舉，她們在不知不覺間已感染了這時代的狂熱。梅德琳昨日突然提出這次出遊的想法，法蘭西絲也立刻贊成。對妹妹提出的這個莫大誘惑不置可否或許更好，但正如精明的法蘭西絲所說、饒富哲理的這句話，「哪個年紀的人不幹傻事呢」。至於梅德琳，她沒有半分後悔或懷疑。

「我們一定要替自己找樂子，人就活這麼一次。」她說。

姐姐聽到這句伊比鳩魯的格言只是微微一笑。獨立自主的熱潮顯然並未延燒到她們倆。

事實上，若有任何顧忌干擾了她們的幸福，那可就太遺憾了——那快樂是如此的直率、坦誠！鐵道兩側飛快閃過的樹影教她們讚嘆連連。對向火車伴隨著雷電般的速度與聲響駛來，也讓她們緊閉雙眼驚呼，但火車這時早已駛遠！她們左右張望、重拾勇氣，對著眼前奇蹟表示大大的驚奇。

梅德琳斷言，光是這幅景象就已讓這趟旅程值回票價；要不是法蘭西絲有些警覺地想起此行開銷造成的帳簿缺口，她也會如此同意。這一趟遠征所需的三法朗得要工作整整一週來攢存。所以姐姐的那份喜悅也摻雜了懊悔；揮霍的孩子總不時回顧著聖德尼街的後巷。

但是兩旁交替移動的景物分散了她的注意力。在高架鐵橋（Viaduc de Meudon）四面是宜人的景致環繞：右方是巴黎與它宏偉的古蹟，聳立於霧中或在陽光下閃耀；左方則是默東以及鎮上的別墅、樹林、葡萄園、王宮城堡！這兩個女工帶著驚嘆，從一扇窗又看向另一扇窗。同車有位乘客笑著她們幼稚的好奇行徑；但我卻是為此深深感動，因為我在當中看見了漫長、單調的孤寂：她們是工作的囚徒，幾個小時前，她們才剛剛重獲自由與新鮮的空氣。

火車終於進站停下，我們步出車廂。我向兩姐妹指出通往塞夫爾的路，就在鐵路和花園之間；就在我詢問回程班次之際，她們繼續前行。

不久後，我就在下一站和她們再次相遇。她們在守門人的小花園前駐足；姊妹倆在守門人為園子鬆土、標示花卉播種處的同時，已和他相談甚歡。守衛告訴她們此時正是除草、接枝壓條、年度播種，以及為玫瑰除蟲的時節。梅德琳在自家窗台上放了兩只木盒，不過因為缺乏新鮮空氣和日光，她除了芥菜和水芹菜之外養不出其它植物；她說服自己，現在知道這些新知後，木盒裡從此就有其他植物能夠枝繁葉茂了。守門人播下木犀草種子之後，把用不著的種子送給梅德琳；她高興地離開，想像著盛開的花朵，大做起佩蕾特頭頂著牛奶罐的白日夢[5]。

我走到正舉辦市集的金合歡樹林內，就不見兩姐妹的身影了。我獨自遊走在如此光景之間：抽獎、雜技秀，吃食飲酒和玩十字弓射擊的地方。這些戶外慶典的氣氛一向能打動我。在招待正式的客廳裡，大家總是冷漠、嚴肅，通常也無精打采，大多數人之所以聚在那裡，多半也是出於習慣或社會義務；但鄉間集會的氣氛恰好相反，你只會見到大家都是受對享樂的期待吸引而來。在前者，他們接到強制徵召令前去赴宴；在這裡，則是一群快樂的志願兵！他們是多麼容易感到快樂呀！因為這群人猶不知時尚及品味的制高點正是「不被什麼討好」以及「睥睨一切」！他們的娛樂無疑往往略為粗俗，缺乏優雅和精緻；但至少真誠。噢，這些歡宴帶來的真誠享受若是能少些粗俗的成分

5 此處出自拉封丹的寓言〈賣牛奶的少女和牛奶罐的故事〉：佩蕾特（Perrette）頭頂著牛奶進城，一路上幻想頭上的牛奶能換來多少好事，最後竟手舞足蹈起來，牛奶於是被打翻了。

該多好！過往的信仰在鄉間節慶中留下了神聖特質的痕跡，讓歡樂更顯純粹，也沒有減損當中的樸實。

瓷器工廠和陶瓷博物館對大眾開放的時間到了。我在第一個展廳裡和法蘭西絲和梅德琳再度相遇。她們驚恐地發現自己置身在這富麗堂皇的王室建物裡，幾乎不敢移動腳步；她們輕聲細語，像是進到教堂。

「我們在國王家裡。」姐姐說道；她忘了法蘭西已無國王。

我鼓勵她們往前走；我先走，她們決定跟在後頭。

這批收藏匯聚了多少奇觀啊！我們看見捏製成各種形狀、呈現各種色澤、結合各種材質的陶土！

泥土和木頭是人類最初取用的材質，似乎特別適合為人所用。它們正如家畜，都是人類生活的必要輔助；所以在人類與它們之間必然存有緊密的連結。石材和金屬的使用需要長時間的打磨鎔鑄；它們抗拒直接被人取用，這種資源較屬於群體而非個人。泥土和木頭則不然，是一個得吃飽、得安身的孤立個體的必要工具。

這無疑讓我觀賞展品的興致更加濃烈。野蠻人粗製的這些杯子向我透露了他們的某些習慣；高雅、卻奇形怪狀的印度花瓶對我傾訴著正逐漸衰頹的古老智慧——它過去曾一度燦爛，如今卻映染暮靄；滿佈藤蔓紋飾的陶罐顯示出那遭到西班牙人粗暴、無知地仿製的阿拉伯奇想！我們在這裡找到所有種族、所有國家與所有時代的印記。

我的同伴似乎對這些歷史聯想沒有太大興趣；她們對所有展品無不讚美連連連，沒有太多思考或討論的餘地。梅德琳讀出每件工藝品下標示的文字，她的妹妹則以驚呼回應。

我們就這樣走到了一個小庭院，美術館將碎瓷片棄置於此。

法蘭西絲發現有件幾乎完好的彩色茶碟，於是把它當作此行的紀念品帶走；她就此獲得一件塞夫爾瓷器，「這可是專為國王製造的！」我不會打破她的想像，告訴她廠商生產的產品其實銷往世界各地，而她的茶碟在破損前也與商店裡那些每件十二蘇[6]的商品一模一樣！何必破壞這個卑微存在的幻想呢？我們是否真要砍除為道路增添芬芳的花叢？事物本身通常是最一文不值的，是我們加諸其上的想法賦予了它價值。為了挽回某些無用的現實，而去糾正天真的錯想，就像是個飽學之人對於眼前的植物除了化學分子結構之外卻什麼也看不見。

離開瓷器工廠時，這對以單純和直率占據我心的姐妹邀我共享她們帶來的點心。我起先婉拒了，但她們的堅持無比真誠，我怕讓她們煩惱，於是就略帶困窘地讓步了。

我們只需找個舒適地點。我領著她們爬上山坡，發現有片雛菊妝點的草地，一旁有兩棵胡桃樹提供蔽蔭。

梅德琳掩不住內心的喜悅。她一生都夢想著能在草地上野餐！她一邊幫忙姐姐從籃裡取出食物，一邊告訴我，她所有已經計畫好的、或者延期的鄉村遠征計畫。法蘭西絲不同，她在蒙莫朗西[7]長大，成為孤兒前她常回那兒造訪保姆。鄉村對妹妹來說具有新鮮感，於她則具有回憶的美好。法蘭西絲憶述父母親帶她去採收葡萄；騎蘿蕾太太的驢子時，要往左拉，那頭驢才肯向右走；摘櫻桃，以及乘著旅店主人的小船航行湖面。

這些回憶滿是童年的美好與清新。法蘭西絲回憶起的感觸多過於畫面。當她說著，野餐布已經鋪好，而我們坐在樹下。曲折蜿蜒的塞夫爾谷地就在眼前，谷地裡數層高的樓房緊靠著庭園和山坡；聖克盧的公園則開展在背側，

6 一蘇（sou）在當時相當於零點零五法朗。

7 蒙莫朗西（Montmorency）是位於巴黎北方郊區的小鎮。

園中草皮上點綴著叢叢高壯樹林；頭頂上的天空有如浩瀚海洋般漫無邊際，雲朵航行其間！我望著這幅美景，聽著兩位善良老小姐的話語；我心神嚮往，也相當感興趣；時光在不知不覺之中悄悄流逝。

最後到了日落時分，我們不得不想到回程。趁著梅德琳和法蘭西絲收拾餐點，我走下山丘到瓷器廠詢問時間。慶典氣氛正進入高潮，樂隊的長號聲迴盪在金合歡樹下。這幅景象讓我忘記自己正要去做的事，但我答應了兩姐妹要帶她們走回美景車站；火車可不等人，於是我趕緊爬上通往核桃樹下的小徑。

快抵達時，我聽到樹籬另一邊的聲音。梅德琳和法蘭西絲在跟一個可憐的女孩說話；她的衣服焦灼，雙手污黑，臉上綁著染血的繃帶。我看出她是火藥廠的女工，那火藥廠就設在這片公家土地的更上頭。火藥廠幾天前曾發生爆炸，女孩的母親和姐姐葬身火場，她雖奇蹟似地生還，現在卻無依無靠。

女孩描述這一切時，有著慣於承受苦痛之人聽天由命且不抱希望的神色。兩姐妹深受觸動；我見她們低聲商議：接著法蘭西絲從粗糙的絲質小錢包裡拿出三十蘇，遞給這可憐的女孩，那是她們僅剩的所有錢。我連忙繞過樹籬，不過我在到那之前就遇上了這對老姐妹，她們對我大喊——她們回程不搭火車了，要改用步行！

我這才明白，她們剛剛把這次旅行的盤纏全給了乞兒！良善正如同邪惡，是有感染力的：我跑向那位受傷的窮女孩，把火車票錢給她，接著再跑回法蘭西絲和梅德琳身邊，告訴她們我將結伴同行。

領著她們安然回家後，我也剛踏進家門；她們對這一天歡欣無比，這樣的回憶將留下長久的快樂。今早，我為無名而沉悶的生者感到憐憫；現在，我明瞭上帝早已為每一道試煉關卡預留了補償。稀罕能為微小的喜悅帶來一番未知的滋味。只有真正感覺快樂才能稱為享受，奢侈之人對此再難感受，因為富足已摧毀了他們的胃口；困苦則為另一些人保存了世上最原初的禮物，那就是能簡單地感到喜悅。噢，那就是我希望能讓所有人相信的道理！如此一來富人也許不再揮霍財富，窮人也會長保耐心。如果說快樂是最珍貴的祝福，那也是因為接受快樂是最珍貴的美德。

梅德琳和法蘭西絲啊！這對困苦的老小姐，妳們的勇氣、認分與慷慨心靈是妳們僅有的財富；讓我們為在絕望中放棄自已的淒慘之人祈禱，為懷有憎恨與嫉妒的不悅之人祈禱，也為只顧及享樂而不懂憐憫的麻木之徒祈禱。

補償
La compensation

第二卷

VI

墨里斯叔叔

L'oncle Maurice

六月七日，清晨四點鐘

我不驚訝醒來時會聽見窗外的鳥兒正快樂地唱著歌；唯有像鳥兒和我這樣住在最頂層，才能真正明瞭屋頂間的早晨是多麼怡人。太陽正是從那裡發出第一道光，微風伴著花園和樹林的清香吹來；迷途的蝴蝶時而在閣樓的花朵間探險，勤奮女工們則以歌聲迎接黎明到來。下方樓層仍深深陷在睡眠、靜寂與陰影中，而工人、光明和鳥語歌聲這時已主宰此處。

周遭是如此生機無限啊！看燕子覓食回巢，鳥喙滿是餵食幼雛的小蟲；麻雀在陽光下追逐嬉戲，抖去羽翼上的露珠；還有我的鄰居，他們推開窗子神清氣爽地迎接早晨！這是多麼愉快的甦醒時刻，當一切再度回復感知與運作，當第一道晨光照射萬物，讓它們再次鮮活，彷彿魔杖對林中的睡美人宮殿施了法術！這是所有苦難得以暫歇的時刻；病患的折磨得到紓緩，一絲希望潛入絕望者的內心。唉！可惜這只是個短暫的喘息！一切很快又將重返常軌：

人類組成的宏偉機器將繃緊發條，深深呼氣後或傾斜、碰撞，再度恢復運轉。

早晨最初的寧靜讓我想起人生的頭幾年。當時，陽光同樣燦爛，空氣清新，而年輕的幻夢——人生之晨的鳥兒——在四周鳴唱。為何我們長大以後牠們就飛走了？這蠶食我們的悲傷和孤寂又是從何而來？個體或群體似乎依循著相同的路徑：最初時，快樂與陶醉多麼容易；終點卻是苦澀的失望與現實！發端於山楂樹和櫻草間的道路，卻在沙漠或懸崖邊戛然而止！為何起初總是信心滿滿，最後卻如此困惑？人生的學問最終除了「此生不容於幸福」之外，難道再無其他可能？我們是否該譴責自己的無知，如果心中仍存有希望？對這個世界和個體而言，到頭來是否只能在永恆的童年中尋得平靜？

這些問題我問過自己多少次！孤獨有其優勢抑或危險性，讓人不斷在相同的概念想法裡深入思索。由於交談的對象僅有自己，我們的對話總會導引到相同的方向；沒有聲音要求我們論及縈繞他人心中、或激起他人情感的主題；所以，不自覺的傾向總讓我們永遠一再復返敲著同一扇門！

我打斷自己的沉思，起身整理閣樓。我討厭混亂失序的景象，因為那若非輕忽細節的表示，就是不利於精神生活。將起居空間內的物品整理妥善，即是建立物與人之間的使用關係：這是為習慣建立基礎，而不至於淪於人常傾向的野蠻狀態。社會的架構若是僅僅依照一連串的人類天性所決定的習慣組織而成，那將會出現何種結果？

我對無序之人的智識與道德抱持懷疑——他們在奧吉亞斯王的牛棚中[1]也能住得安穩。圍繞我們的事物或多或少反映了我們的內心。心靈就像是燻黑的油燈，無論如何仍會透出些許光亮。我們的品味若沒有揭露出我們的本性，那它就不再是品味，而是本能。

我在閣樓住處整理東西之際，目光停駐在壁爐上方掛著的小年曆本。我在年曆本上尋找今天的日期，看見大寫標示的「FÊTE-DIEU—聖體瞻禮」！

今天是聖體節[2]！在這座不再有任何公開宗教儀式的大城市裡，沒有什麼能提醒大家這天的到來；但事實上，這天是由早期教會欣然選出的日子。「紀念造物主的這天到來時，」夏多布里昂（Chateaubriand）說：「天空和土地會宣揚祂的力量，樹林和原野充滿新生命，最巧妙的連結聯繫起萬物；田野間沒有一株植物獨活於世。」

這些話喚醒了我多少回憶！我放下手邊的事，手肘靠著窗台，撐著腦袋，在記憶中追想自己度過童年最初時光的小鎮。

當時「聖體節」是我生活中的大事之一！節日來臨之前，我得勤快和聽

1 希臘神話中，奧吉亞斯王（Augias）曾在牛棚中養了數千頭牛，髒亂不堪。

2 聖體節起源於十三世紀，當時有位修女因多次看見的神視而向主教建議，應設置一個莊嚴的節日來為耶穌的聖體與聖血奉獻。聖體節的日期在聖三一主日（Trinity Sunday）後的第一個星期四，通常落在五、六月間。

話很長一段日子，才能有資格參與。我仍記得那天早晨醒來的歡欣期待。空氣中瀰漫著聖潔的喜樂。鄰居們起得比平時早，沿街都飄揚著滿佈花草和人物圖案的掛毯[3]。我從一張走到另一張，輪流欣賞中世紀的宗教場景、文藝復興時期的神話作品、路易十四時期風格的沙場爭戰場面，以及龐巴度夫人的世外桃源[4]。這一切幻影的世界似乎都來自過往時代的塵埃，只為前來無聲無息地為這神聖儀式出一分力。我半是驚恐、半是好奇地望著那些永遠高舉刀劍的可怕戰士；那些張著弓、箭卻永不離弦的美麗女獵人；還有倚在永遠微笑的牧羊女腳邊，那些身著緞質馬褲、永遠吹著笛子的牧羊人。有時，風從後頭吹起這些掛毯上的圖像，毯上人物在我眼中就像是動了起來，我看見他們跳離牆頭，加入遊行隊伍！不過這些印象模糊，轉瞬即逝。那種超乎一切的顯著感受，就是滿溢卻寧靜的喜悅。飄動的掛毯、散落的鮮花、少女的嗓音，以及萬物散發出有如香水般的喜悅——你置身在這一切當中，不由自主地感到狂熱。節日的歡樂聲響不斷在你心中迴盪，響起千萬次悠揚回音。於是你更加寬宏、更加虔誠、更加慈愛！因為上帝不僅僅透過外在世界展現神蹟，同樣也透過我們的內心。

接著是為盛典準備的聖餐桌！滿是花朵的棚架！用綠枝搭起的凱旋拱門！不同教區為遊行隊伍所建造的一個個休息處，彷彿一場互不相讓的比賽！又是誰貢獻了最珍貴、最美麗的收藏品！

我的第一次犧牲就是在那裡！

花圈佈置妥當，蠟燭也被點亮，這座會幕[5]中飾滿玫瑰，但獨缺一朵合適

3 在聖體節前夕，信徒會用彩旗、掛毯裝飾聖體遊行的路線，地面也會鋪設鮮花或芳草。

4 龐巴度夫人（Madame de Pompadour）是路易十五的情婦，掌管王室的祕密後宮「鹿苑」（Parc-aux-Cerfs）。

5 會幕（Tabernacle）意指「神的居所」，是希伯來人離開古埃及後在途中搭建的敬拜場所。

的花為它加上冠冕！附近街坊的花園已被採收一空，唯獨我擁有一朵能夠擔當重任的花。這朵花就長在我生日時母親贈予我的玫瑰樹上。我已經守著它好幾個月，而且樹上已無其他花苞待放。它在那兒半開著，在它覆滿苔蘚的小窩裡，那是一朵帶有一個孩子漫長的期待和他所有驕傲的玫瑰！我猶豫了一會兒。沒有人要求我這麼做，我可以輕易地避免失去這朵玫瑰。我無需自責，但內心卻有股不安悄然襲來。當所有人奉獻一切，我怎能獨留珍視之物？難道我不情願從上帝給我的眾多禮物裡奉獻其一？想到這兒，我從枝上摘下玫瑰，將它放上會幕的頂端。啊！為何這個曾經如此艱難又甜蜜的犧牲回憶，如今卻讓我微笑呢？比起餽贈的心意，禮物的價值難道真的重要得多？如果福音中的那杯冷水讓窮人謹記在心，一朵玫瑰又怎麼不會長存在孩子的回憶裡？別小看孩子單純的慷慨之舉，正是這些行為才讓靈魂習於自我克制和保有同理心。長久以來，我都將這朵苔蘚上的玫瑰，視為神聖的護身符珍惜；

我有永遠珍惜它的理由，它是我第一次戰勝自己的印記。

如今距離親見聖體節慶典已相隔多年，我是否該去再次感受往日的快樂感觸？我還記得當時遊行的隊伍經過後，我走在鋪滿鮮花、綠枝掩映的街道上，沉醉在混合了丁香花、茉莉、玫瑰的薰香中，一路彷彿沒踏在地面上。我對著一切微笑，在我眼中整個世界有如天堂，而上帝彷彿飄在空氣裡！

而且這種感覺並非只是一時的激動：在某些日子裡或許益發強烈，卻也持續出現在我日常生活步調裡。我的心靈和信心在過去的年歲裡益發擴增，這信心制止了傷悲，即便不能制止它到來，至少也能不讓傷悲長駐心頭。確信自己並不孤單後，我很快就恢復了精神，就像是個聽見母親的聲音靠近就重拾勇氣的小孩。我為何失去了童年的那股自信？難道我再也無法深刻感受到上帝在此嗎？

我們的聯想多麼奇特！這個月的某一天讓我想起兒時，看見我昔日的所有回憶在我身邊成長茁壯！當時我為何那麼快樂？我細細思索，我的處境沒有任何顯著的變化。我現在的健康狀態和每日的餐食也與那時一樣，唯一的差異就是如今我得為自己負責！孩提時期我對生活欣然接受，由他人照料且供應所需。只要善盡自己眼前的責任，內心就能得到平靜，我把未來交給父親的謹慎盤算！我的命運曾是一艘船，我無法決定航向，只是個乘船而行的普通乘客。這些就是童年快樂無慮的全部祕密。從那時起，俗世的智慧從我身上剝奪了這份快樂。當命運就交付在我自己手裡，我決意憑藉放眼遠光來掌握命運；心中對於未來的想法讓我在當下充滿焦慮；我用自主決斷取代了天命，而快樂的孩子遂變成焦慮的大人。

這趟航行雖教人憂愁，但或許也是重要的一課。誰知道我若對主宰世界的祂多點信任，是否就能免除所有煩憂？或許在這塵世間唯有活得像個孩子，獻身於每日接踵而至的責任，且將其餘一切託付給天父的仁慈，才有可能得到幸福。

這讓我想起了墨里斯叔叔！每當我需要讓自己更堅定相信良善時就會想起他；我會再次看見墨里斯叔叔半是微笑、半是哀愁的溫柔神情；我會聽見他總是如同夏日微風般的輕柔嗓音！對他的回憶庇護著我的人生，並給予光亮。莫里斯叔叔也是凡間的聖人與殉道者。當其他人指出通往天堂之路，他則教我們好好地看待凡間小徑。

可是除了負責記下那些暗地裡的犧牲和無人知曉的美德的天使，誰曾聽說過我的墨里斯叔叔？或許只有我仍記得他的名字，仍會想起他的故事。

好吧！我會寫下這些事情，但不為了誰，只是為了我自己。有人說，你若親眼看見阿波羅，會不由自主地挺直身體，儀態更顯莊重；所以同樣地，憶起一位善者的人生，應能讓靈魂自覺提升，益發高貴！

一縷黎明曙光照亮了我寫作的小桌子；微風吹來木犀草的芬芳，燕群在窗外飛旋，發出快樂的啾鳴。墨里斯叔叔的形象將與歌聲、陽光與香氛和諧同在。

七點鐘。人的生命正如天色，有的閃爍著奪目晨光，有的則被烏雲掩沒；墨里斯叔叔屬於後者。他出生時病得很重，大家都說他難逃死劫；然而違背了這或可稱為盼望的預期，他還是承受著苦痛、殘缺地活了下去。

他童年的所有歡愉盡遭剝奪。他因為體弱而受人欺凌，因為畸形而遭人嘲笑。這個小駝子徒勞無功地向世界敞開臂膀，然而這世界嘲笑他，然後自顧自地繼續運作。

不過，墨里斯仍有母親在旁，這孩子將受他人排斥的所有情感都轉移到她身上。他在母親身邊找到避風港，也很快樂，直到他到了得自己立足的年紀；墨里斯必須在他人輕蔑的拒絕中自力更生。他所受的教育原本足以讓他選擇任何一種人生，他卻成為一個入市稅員[6]，在他家鄉其中一個收費口的小屋裡工作。

在那幾平方呎大的房間內他總是沉默不語，閱讀和母親來訪是辦公帳簿之外的僅有放鬆。她在晴朗的夏日會到小屋旁，在墨里斯栽種的鐵線蓮樹蔭下做事。即使母親靜默無語，她的存在對駝子已是愉快的改變；他聽到她長長的棒針發出的響聲；瞧見她溫柔而哀傷的身影，提醒了他母親勇敢承受過何其多次的試煉；他能不時伸手親切地放在那彎曲的頸後，與她交換微笑！

這份慰藉就快被奪走了。他的老母親病倒了，最後幾天他不得不放棄所有希望。此後將一人孤絕於世的念頭擊垮了墨里斯，讓他陷入無盡的悲傷。他跪在垂死老婦的床邊，用最溫柔的名字呼喚她；他緊緊抱著她，彷彿這麼

6　入市稅員（octroi-clerk）負責收取運入地方城鎮的酒類、或其他特定貨物的稅金。

做就能延續她的生命。母親雖想回應他的撫摸與呼喊，但她的雙手已然冰冷，聲音已消失。她只能將雙唇印上兒子的前額，長嘆一聲，而後永遠闔上雙眼！

大家試圖將墨里斯拉開，但他抵抗地撲倒在那如今再也不動的軀體上。

「死了！」他哭喊：「死了！她從沒離開過我，她是世上唯一愛我的人！妳呀，我的母親，死了！那我在世上還剩下什麼？」

有個沉悶的聲音回答他：

「上帝！」

墨里斯嚇了一跳，他站起身來！那回應他的是逝者最後的一聲嘆息，或是他自己的良知？他不想知道，但他理解那句回應，而且接受了它。

我就是在那時與他初識。我常去他工作的小屋找他。他和我一起玩幼稚的遊戲，告訴我最好聽的故事，而且讓我摘他栽種的花。外在魅力全失的他對所有來者都表現出無比友善的態度，他先想到的永遠不是自己，他總是歡迎每一個人。對於遭人拋棄和鄙視，他以謙和耐心悉數接受；儘管他被釘上人生的十字架，身處劊子手們的侮辱之中，他仍與基督一同重複著：「天父啊，原諒他們，因為他們不知道自己在做什麼。」

沒有其他收稅員為人如此正直、熱忱且聰慧；但本該因為表現而提拔他的那些人，卻因為他的殘缺而排擠他。而且他沒有靠山，他發現自己的要求常被忽略。比起墨里斯，那些人更偏愛能讓人愉快的同事，自認讓他留在簡陋辦公室裡能餬口飯吃，已是幫了他大忙。墨里斯叔叔承受這些不公對待，一如他曾承受蔑視；他將目光望向高處，信賴祂不被欺瞞的正義。

他住在郊區的一棟老屋舍，許多和他一般貧窮、卻不如他絕望的工人也居住在此。眾多鄰居中有個單身女子，獨自住在一個風吹雨打的小閣樓裡。她是個面色蒼白，沉默寡言的年輕女孩，值得一提的只有她的不幸與認份。

無人見過她和其他女人交談，也無人聽過曾有歌聲為她的閣樓增添光彩。她毫無興趣、沒有鬆懈地工作，絕望的愁緒像是裹屍布將她包圍。女孩的沮喪觸動了墨里斯；他試著向她搭話，她的回應雖溫和，卻很簡短。不難看出她寧願抱持自己的沉默與孤單，而不接受那小駝子的善意；他察覺到了，從此不再多說什麼。

然而冬妮單靠縫衣難以撐持生活所需，而且原有的工作把她解雇了！墨里斯聽說這個窮女孩生活匱乏，而且店家也不願讓她賒帳。於是他立刻私下去找店家，自掏腰包要店家送些日用品給冬妮。

就這樣持續了幾個月。這位年輕女裁縫還是沒有工作，最後她因為積欠店主的帳單感到心慌。當她前去與店主解釋時，一切才真相大白。她的第一個反應是跑去找墨里斯叔叔，而後雙膝跪地感謝他。突如其來的深刻感受打破了她往常的矜持，感激之情似乎融化了冰封麻木的心。

如今無須再為這個祕密感到困窘，這個駝子可以付出更多善行。從此他對待冬妮有如親妹妹，有提供她生活所需的責任。自從母親過世後，這是他第一次能和別人分享生活。這個年輕女子心懷感激地接受他的關心，卻仍保有矜持。墨里斯所做的一切不足以消除她的憂鬱：她似乎被他的好意感動，有時也會熱情地表達自己的感覺；但也就僅只於此。她的心是一本闔閉的書，那駝子或許能靠近，卻無法翻讀。事實上，即使如此，他也不在意；他讓自己沉浸在「不再孤單」的幸福感之中，也接受冬妮因為長久承受苦難所造就的性格。他愛她的所有，別的不求，只盼能永遠享有她的陪伴。

這個念頭不知不覺地占據了他的心，容不下其他想法。這個窮苦女孩和他一樣孤苦；她已經漸漸習慣駝子的畸形身軀，而且她看著他的眼神似乎充滿深刻的同情！他還能指望什麼？在那之前，墨里斯不相信自己能被女伴接受，將此視為幻夢；可是機運似乎願意讓這個幻夢成真。猶豫許久之後，他鼓起勇氣，決定向她表明心意。

某天夜裡，這個小駝子內心翻騰，向女工的閣樓住處走去，就在他即將進門之際，他覺得自己聽到一個陌生的聲音正唸著少女的名字。他趕緊推門，發現冬妮靠在一位身穿水手服的青年肩上，正在哭泣。

一見到我叔叔，她立即脫身跑向他，喊道：

「啊！進來，快進來吧！我一直以為他死了：他是朱利安，我的未婚夫！」

墨里斯腳步搖晃，然後退縮了。那個字詞已經向他道盡一切！

他感覺地面彷彿在顫抖，而他的心即將碎裂；然而那道聲音——他在母親臨終時聽到同樣的聲音——再次於耳畔響起。上帝始終是他的友伴！

這對新婚夫妻離開小鎮時，他前去送行；他祝福兩人享有他無緣擁有的一切幸福，而後他辭去工作，回到郊區的那棟老房子。

他就在那裡告別了人世，被眾人遺忘，但他從未受天父遺棄。他到處都能感覺到祂的存在，祂取代了所有一切。墨里斯叔叔死去時臉上帶著笑容，有如一個將要回到故鄉的流亡者。歷經過不公對待和被眾人遺棄的折磨，這個曾在貧苦和殘疾中尋得慰藉的人，早已將死亡視為恩惠與祝福。

八點鐘。方才寫下的一切讓我心痛！至今我仍在生活中探究生命的指引。人世間的準則是否永遠不足呢？在美德、節儉、謹慎、謙遜、自我犧牲以外，是否還有一個偉大的真理，獨獨秉此真理便足以面對極大的不幸？此外，人是否需要對他人施以美德，對自身則需要抱持信仰？

年少時，我們以愉快的心情飲酒，如同《聖經》所示，我們覺得有自己就夠了。我們相信自己強壯、快樂、受人關愛，就像小埃阿斯[7]，自認能不顧

7　小埃阿斯（Ajax）是希臘神話中的英雄人物，性格勇敢而無畏。

神的旨意逃過所有風暴。但是到了後半輩子，當背佝僂了、幸福凋零了，且情感也凍結之際，我們畏懼寂寞與黑暗，於是張開雙臂，一如害怕黑夜的孩子，只能向無處不在的祂求助。

今天早晨我曾問：為什麼社會與個人都變得混亂不安呢？人類的理智每一刻都點燃路旁的火炬，卻毫無作用：夜晚仍不斷變得更黑暗！這原因難道不是因為我們安於讓自己距離上帝——那靈性的太陽越來越遠？

但這些隱士的遐想又與世界有何關聯？大多數人內在的起伏都受到外在的動盪壓抑，生活沒有餘暇反思自身。全神關注在下一張租約、或股票收盤價的人，怎會有時間釐清自己是誰或應該要做什麼？天界無比高遠，而智者只端看凡間。

可是我這個置身在一切文明間、既不求權勢也不求財富，只在自己的思想中尋得心靈的家園與庇護的可憐野蠻人，能安然地回顧我童年的回憶。而後，假如我們的偉大城市不再以節日榮耀上帝之名，我仍會在心中努力為祂留下一席盛宴。

VII

權力的代價，名氣的價值

Ce que coûte la puissance et ce que rapporte la célébrité

七月一日，星期日

古羅馬人獻給朱諾[1]（拉丁文寫作Junius）的月份在昨天結束，今天進入了七月。

現在的七月在古羅馬時期被稱為Quintiles（意指「第五個月」），因為那時一年只分成十個月，而Martius（今日的三月）則是一年之初。羅馬國王努瑪．龐皮留斯開始將一年分為十二個月時，沿用了Quintiles的名稱，同樣也保留了之後幾個月份的名稱——Sextilis、September、October、November、December——雖然這些名稱已與新的月份順序不符。最後，Quintiles因為凱薩(Julius Caesar)的誕生而改為Julius，由此得來七月(July)之名。放入月曆中的這個名字成了這位偉大人物留下的不朽印記；那是時光長路上一段不朽的墓碑文，鐫刻著眾人的欽佩。

世上有多少相似的題詞啊！海洋、大陸、山岳、星辰與紀念碑，一個接一個，全都為相同的目標服務！我們將全世界變成威尼斯的金書[2]，在當中記載顯赫人物和他的偉大事蹟。人類似乎覺得榮耀王者是榮耀自身的必要手段，從自己的民族中挑出英雄，也能使自我提昇。人類的家族熱愛保存記憶；我們保存新崛起者的榮耀，正如我們珍視偉大的先祖與恩人。

其實，上天授予某一個體的才智不僅惠及個人，同時也是對全世界的贈禮；人人共享他的才智，因為普世都會因為他的行為受苦或得利。天才是一座燈塔，注定從遠方投射光芒；支持他的人不過是燈塔底部的基石。

我喜歡沉醉於這些想法，它解釋了什麼構成了人類對榮耀的崇敬。當榮耀對人類有益，這種崇敬之情就是感激；當榮耀只使自身出色，那就是種族

1 朱諾（Juno）是羅馬天神朱比特（Juppiter）之妻。
2 即貴族名冊（Libro d'Oro）；今日發展為義大利貴族私下出版的名錄，羅列了貴族與其家族的分支。

的驕傲。身為人類，我們樂於讓最為耀眼之人千古留芳。

當我們屈服於權力手中，誰知道我們能否遵守那同樣的本能？撇開階級制度的規約或征戰的後果不論，人群樂於圍繞那享受特權的領袖——無論是虛榮心驅使他們吹捧同我族類中的一人，或是藉由誇大統治者的重要性以掩飾服從的屈辱。他們希望藉由主人來榮耀自身；他們像是底座一樣把主人扛在肩上，用光環將之圍繞，好讓些許光芒能反射到自己身上。這仍是寓言裡那隻狗的故事[3]，牠甘願受鎖鏈和項圈束縛，只要那鏈圈是以金子製成。

這種卑微的虛榮感並不比統治的虛榮心違背人性或是少見。自覺能力不足以發號施令的人，至少能盼著聽命於一位強大的首領。眾所周知，原先受王子管轄的農奴，若轉歸某個小小親王所有，那麼這些農奴會認為自己受了羞辱；聖西蒙[4]也曾提及一名只願意服侍侯爵夫人的男僕。

七月七日，晚上八點鐘

我剛抵達大道，今晚有歌劇演出，珀勒蒂埃街（Rue Le Peletier）上擠滿馬車。我們經過時，幾個站在十字路口的行人認出了車上乘客，說出他們的名字；馬車上那些人是當今具聲望、有權勢的成功人士。

我身旁有個男人正盯視著，他雙頰削瘦、目光熱切，身上的黑色大衣已顯單薄、陳舊。他艷羨地看著那些坐擁權勢、名譽的特權階級，我從那笑得苦澀而扭曲的唇上讀出了他的內心話。

「看看這些幸運的傢伙！」他心想：「所有富裕的樂趣、驕傲的享受，

3 此處為拉封丹的寓言〈狼與狗〉：有隻餓瘦的狼遇見了肥嘟嘟的狗，狗兒向牠誇耀主人家的生活，希望帶牠一同回家。最後牠發現狗的脖子上有圈脫毛，一問之下得知狗要戴項圈、繫鏈子，結果大失所望地離去。

4 聖西蒙（Saint-Simon）出身貴族，是十八、九世紀的法國哲學家與經濟學家。

盡歸他們所有。他們名聲響亮，願望也都得以實現；他們主宰了世界，無論憑藉的是智力或權力；在我這個窮苦的無名小卒沿著卑下的路途痛苦地前行之際，他們正展翅飛過那被成功之光給照亮的山頭。」

我一路沉思返家。如此的不平等是否真實存在？我指的並非人的財富，而是快樂。生命對於天才與權威而言是否真如一頂王冠，而對絕大多數人來說卻像一道枷鎖？階級的差異，是否只是個人性格和天賦的不同運用所致，或者真是個人命運的不平等？這是個嚴肅的問題，因為它攸關上帝是否公平。

七月八日，正午

我今早去拜訪一位同鄉友人，他在某部長身邊擔任傳喚官。我將他的家書帶去，這些信是一名剛從布列塔尼來的旅人捎來的。他希望我稍作停留。

他說：「部長今天不接見客人，他要休假一天陪家人。他的妹妹都來了；

早上他會帶家人去聖克盧，晚上則邀請朋友參加私人舞會。接下來我整天沒工作，我們可以去吃飯；等候的時間你就看看新聞吧。」

我在一張擺滿報紙的桌前坐下，一份看完換下一份。大多數報紙嚴厲批評部會最近的政治作為，有些更質疑部長個人的名譽。

正當我讀完報紙，有位祕書前來把報紙拿去給他的上司。

他就快讀到這些指控了，默默忍受針對他而來的憤怒或鄙夷指控！一如勝戰的羅馬君王，他得忍受那些緊隨他馬車之人的辱言，忍受群眾批評他的愚蠢、無知與邪惡。

然而從四面八方射向他的箭裡，難道沒有一支帶著毒？會不會有支箭射中了他內心無法治癒的某個傷口？在嫉妒仇恨或憤怒指控攻擊下的生活有何價值？基督徒不過讓出自己的塊塊血肉任競技場的野獸撕扯，掌權者卻放棄了自己的平靜、情感與榮譽，任由筆尖的殘酷咬噬。

當我默想著那些極度的危險時，傳喚官急忙走了進來。方才接獲重要消息：部長受召參加議會，無法帶妹妹去聖克盧了。

我從窗子看見正在門外等著的年輕小姐們失望地又回到樓上，她們的兄長則是出發前往議會。本該洋溢一家人幸福的馬車逐漸駛遠，當中只乘載著一位政治家的憂慮。

傳喚官不滿、而且失望地回來。能享有多少自由是他探知政治氛圍的晴雨表。如果他能離開崗位，表示一切順利；如果他得留守，則表示國家面臨危難。我的朋友對公共事務的看法不過是對他自身利益的計算。他幾乎算是個政治家了。

交談當中，他告訴我公職生活中的幾個奇特情況。

儘管有幾位老朋友與他意見相左，新任部長仍然保留了個人對他們的尊重。就算彼此致力的立場不同，大家還是因為往日情誼而有所連結；但出於黨派間的緊張狀態，他不得與這些老朋友相見。如果他們仍持續來往，就會引起懷疑；大家會猜想某些有違名譽的交易正暗中進行；而他的友人則會被認為是意欲自我推銷的叛徒，而他就是盤算要收買對方的貪腐部長。所以他不得不中斷二十年來的友誼，犧牲那已經成為習慣的情感。

不過部長偶爾仍會對往日情誼讓步；他在私底下接見或拜訪朋友，共處密室聊起彼此還能公開為友的時光。由於預先已有防備，他們得以隱瞞這有違黨派政策、如同污點般的友誼；可是報紙遲早會得知消息，屆時會向全國譴責他這個失信者。

無論那些仇恨是屬實或捏造，他都永遠難逃罵名。有時這甚至會演變成犯罪。傳喚官信誓旦旦告訴我，部長已經收到過數次警告，使得他擔心遭到刺客暗殺，因此不再冒險步行外出。

然後，從一件件的祕辛之間，我明瞭了究竟是何種誘惑誤導或征服了他的判斷力，他又是如何發現自己已不幸走入那讓他不禁悲嘆的歧途之中。受情感迷惑，被懇求說服，或者為了維護名譽，他多次在決斷時動搖。對掌權者來說，這處境多麼悲哀！強加在他身上的不只是權力的苦難，還有它的邪惡——後者不以施加折磨而罷休，最後甚至成功腐蝕了他。

我們的談話直到部長回來才中斷。他滿手拿著文件躍下馬車，焦慮地走進自己的房間。過了一會兒，鈴聲響起，祕書受派通知今晚所有受邀的賓客舞會將取消。他們竊竊私語談論著電報傳來的壞消息，在這種狀況下，設宴招待似乎有辱眾人的悲哀。

我向朋友告辭，現在已經到家。方才所見解答了我日前的疑問。如今我知道了人為了個人的尊嚴，歷經了多少煎熬；現在我明白了：

我們認為命運女神所賜的東西，其實有其代價。

這解釋了查理五世何以渴望修道院的安寧[5]。

可是，某些權力附帶的苦難，我不過瞥見一二。掌權者從高遠天際摔落至地底深處；他們必須永遠背負自身責任的重擔，穿越過痛苦之道；禮儀與倦怠的鎖鏈箝制住他們生活的一舉一動，自由所剩無幾——對於這些，我該做何評論？

專制的信徒堅信形式與儀式有其必要。如果大眾想授予同為人類的君王無限權力，他們必須使此人隔絕於人性；他們必須圍繞著他時時膜拜，並且藉由恆常的儀式維持眾人授予他的超人形象。唯有被視為偶像，君王才能維

5 十六世紀初的西班牙國王查理五世（Charles Quint）年輕時勇於征戰，替西班牙開創了「日不落帝國」名號；晚年則主動退位、並隱居至修道院。

持專制主權。

然而偶像終究是人。而且他們必須過的特殊生活如果有辱他人尊嚴，那麼對他們自己也形同折磨。無人不知昔日按時規範國王和女王一切活動的西班牙宮廷律法。伏爾泰曾說：「如此一來，世人透過閱讀這份律法，就能知道西班牙國王曾做、或將做之事，從腓力二世到審判日皆然。」根據這項律法，腓力三世即使臥病在床，也不得不忍受室內高溫，結果因此身亡——因為那時唯一有權在皇室為壁爐滅火的烏傑達公爵剛好不在現場。

英王查理二世的妻子攀在一匹發狂飛奔的馬背上時，旁人眼看再無人出手相救王后就要一命嗚呼了，因為禮儀禁止他們碰觸王后。兩位年輕軍官冒著生命危險，為救王后攔下馬匹。他們剛從死神手上搶回之人的祈禱與淚水，確保了他們的罪行能得到赦免。康龐夫人[6]所記述路易十六的妻子、瑪麗・安東妮的軼事人盡皆知。有天，侍女正要為出浴的她送上襯衣時，有一位家族歷史悠久的夫人走了進來，要求代勞。基於禮儀，她有權這麼做。可是就在她善盡職責的前一刻，一位身分階級更高的夫人現身，換她要接過襯衣來獻給皇后；接著位階更高的第三位夫人來了，然後是第四位——除了國王的姐妹，再無人地位比她更高。這件襯衣就像這樣透過儀式、禮節與恭維傳過一隻隻手，最後才交到半裸著身子，尷尬無比、拜禮儀規範之賜而冷得發抖的皇后手上。

十二日，晚上七點鐘。

今晚回家途中，我在一棟房子門外看見一名老人，他的外表和特質讓我

---

6 康龐夫人（Madame Campan）是瑪麗・安東妮身邊的女官，著有《瑪麗・安東妮的私人生活》（*The Private Life of Marie Antoinette*）。

想起我父親。他們兩人有著同樣動人的笑容，深沉、銳利的目光，仰頭的角度同樣帶有高貴的神韻，還有那自在的態度。

人生最初的幾年復又浮現眼前，我在心底回顧與那位導師的談話；上帝慈悲地將他賜給我，卻又嚴厲地將他太早召回。

父親每每開口時，不僅透過思想交流讓我倆的心靈更加靠近，而且他的話語總是隱含著教誨。

這種感覺並非因他竭力為之而來：父親對披著教訓外衣的一切事物皆感戒慎恐懼。他曾說美德能為她自己召來摯友，但是她不收學生：所以他並不求引人向善，而甘於散播良善的種子，相信經驗會讓它們茁壯。

多少良善的種子就這樣落進心靈一角，而後在久被遺忘之際卻突然伸出莖葉、抽出穗來！那是我們在無知歲月時擱置一旁的寶藏，直到發現自己需要，我們才明白它的價值。

在父親讓我們的夜晚和路程變得不無聊所講的故事中，有一則如今浮現在我腦海，那無疑是因為該從中汲取教訓的時候已到。

父親的生活一向過得貧窮、辛苦，他十二歲時在一名標本商人手下當學徒，那群人會把生物裝進玻璃框裡出售，所以自稱博物學家。他在破曉前就得起身，他做過學徒、伙計還有工人，他得獨自承擔所有工作，利潤則由店主全數拿走。事實上，這店主有種奇特的天賦，能充分利用他人的勞力。儘管這店主不擅處理任何工作，但沒人比他更懂銷售。他的話語是一張網，在顧客察覺之前就已將他們捕獲。也因為他眼中只有自己，而且將生產者當成敵人、視顧客為獵物，於是他得以秉持那貪婪授予他的頑固毅力去利用兩者。

父親整個禮拜都形同奴隸，唯有星期日能自由利用。那位博物學家店主通常週日一整天都待在他年老的女親戚家，所以那天會還我父親自由，條件是他得自己掏錢去外邊吃飯。但父親總會把麵包皮偷藏在他的植物採集箱裡，在黎明時離開巴黎，漫步在蒙莫朗西谷地、默東森林或馬恩河畔的蜿蜒小路。新鮮空氣、植被散發的氣息、或忍冬的香味讓他振奮，他持續前行，直到再也無法忽略飢餓與疲憊感。他會在樹籬旁或小溪邊席地而坐，吃一頓鄉野饗宴，菜色有水芹菜、野草莓和樹叢中的黑莓；他會採集幾株植物，讀幾頁時下風行的弗洛里安[7]，還有甫翻譯出版的格斯納[8]，或是他擁有的三本舊版盧梭著作。一天就這麼在走動和休息、求知與沉思之間度過，直到西下落日提醒他踏上返回巴黎的路；他將歸返出發地，雙腳破皮、附著塵土，但心靈卻能飽滿一整週。

某天，他在就快抵達維洛弗雷[9]森林之際，遇見一名陌生人，對方正忙著檢查、分類剛採集到的植物。那是一位老人，相貌老實，但眉下深陷的眼窩流露出一絲膽怯及不安。他身穿褐色外套、灰色背心、黑馬褲和長筒毛襪，手臂下拄著象牙柄的拐杖。他的樣貌是那種已退休、自力更生的小商人，不及賀拉斯筆下的中庸之道模樣[10]。

父親向來非常尊敬長者，他在走過時揚起帽子向老人致意。那時他手中的一株植物掉了下來；那位陌生人停下腳步將它撿起，而且認出了植物名稱。

「一株 Deutaria heptaphyllos，我從沒在這片林子裡見過；你是在這附近找到的嗎，先生？」

父親答說，這種花在面向塞夫爾的山丘上長了滿山遍野，還有許多纖形花科植物。

7 弗洛里安（Jean-Pierre Claris de Florian）是十八世紀的法國作家，作品有小說與田園詩。

8 格斯納（Salomon Gessner）是十八世紀的瑞士詩人與畫家。

9 洛弗雷（Viroflay）位於巴黎西南郊。

10 賀拉斯（Horace）是羅馬帝國時期的詩人與譯者；〈中庸之道〉（*The Golden Mean*）則是他的一首詩作，描述一種合乎道德的中庸生活。

「連那個都有！」老人輕快地說道：「啊！我真該去看一看；我以前曾在洛貝納的山坡上採集過。」

我父親提議要為他帶路。陌生人感謝地接受了他的好意，連忙收好剛採集的植物；但突然間他似乎有所顧慮。老人提醒身旁的同伴：他目前正於半山腰上，要往巴黎北邊貝里維城堡的方向前進，若要帶人去山頂，勢必會繞路而行，而他不應為了一個陌生人如此不便。

父親基於善良本意一再堅持，然而他表現得越是熱切，老人越是固執拒絕；最後，父親甚至覺得對方可能會對自己的好意起疑。於是他只向老人指路，然後行禮，對方的身影很快就消失在他的視線外。

幾個小時過去，他沒再想到這段巧遇。到達沙維爾[11]的灌木林時，他躺臥在滿佈苔蘚的林間空地，將《愛彌兒》[12]最末卷又讀了一遍。全神貫注於閱讀帶來的喜悅，他再也聽不進、也看不見身旁事物。他臉頰泛紅，雙眼濕潤，放聲朗讀特別感動內心的段落。

不遠處傳來的呼喊聲把出神入迷的他給叫醒；他抬起頭，認出先前在維洛弗雷路口遇見那位商人模樣的長者。

長者手上拿滿植物，這番採集似乎讓他樂不可支。

「感激不盡，先生。」他對我父親說：「你說的我全找到了，多虧有你才讓我愉快地走了一遭。」

父親恭敬起身後禮貌地回應對方。陌生人的態度變得相當熟絡，甚至問這位年輕的「植物學家小老弟」是不是都不想回巴黎了。我父親回以認同，然後打開錫製提箱將書放入。

11 沙維爾（Chaville）位於巴黎西南郊，介於東北方的塞夫爾和西南方的維洛弗雷之間。

12 《愛彌兒》（*Émile: ou De l'éducation*）即作者前文提及父親隨身攜帶的盧梭著作。

陌生人笑問能否魯莽地詢問一下書名。父親答說是盧梭的《愛彌兒》。

陌生人立刻變得嚴肅起來。

他們並肩走了一陣子。我父親內心仍受那本書觸動，他告訴對方這本書為他帶來的所有感受；他的同伴則冷淡地一路保持沉默。父親頌揚這位日內瓦偉大作家的榮耀，其天賦讓他成為世界公民；他鉅細靡遺地說著偉大思想家們享有的特權，他們的主宰超越了時間與空間，集結了一群志願前來的各國臣民。那位陌生人突然打斷他：

「你怎麼知道——」他溫和地說，「尚—雅克[13]願不願意拿你看來羨慕的名聲，去交換我們眼前炊煙裊裊的那戶伐木工的人生？除了煩惱之外，名氣又帶給他什麼？著作或能為他帶來僅止於在心中默默送上祝福的未知朋友，卻也招來成群公開的敵人，以暴力和毀謗尾隨中傷。他的自尊因為成功而受寵若驚，但卻又被嘲諷刺傷過幾回？要知道人的自尊就像錫巴里斯人[14]，只要一片玫瑰花瓣起了褶痕就無法安睡。世人因活躍心智的運轉而受益，此心智的主人卻幾乎總是失意。隨著年齡漸長，他對它懷抱的期待就更大；他追尋的理想不斷使他厭惡現實；他就像個目光過於銳利的人，總在最美麗的臉孔上清楚看見斑點與瑕疵。更強烈的誘惑和更深重的摔落我就不提了。方才你說，天賦就是一個王國；但是哪位有德之士不畏懼當王？只感受到自己威力無窮的人——伴隨著人與生俱來的弱點與情感——必將遭逢極大挫敗。這位先生，相信我，寫下這本書的人不快樂，他並非你崇拜或羨慕的對象；反之，你若心有所感，那就可憐他吧！」

13 尚—雅克（Jean-Jacques）是盧梭的名字。

14 錫巴里斯（Sybaris）是古希臘時代位於義大利南部的港口城市，以其富裕享樂生活聞名，傳說居民喜於將玫瑰花瓣撒在床上。

父親對同伴最後說的這些激昂話語驚詫不已，不知該如何回應。就在這時，他們抵達了默東城堡通向凡爾賽宮的石子路；一輛馬車駛過身旁。

車廂裡的女士們認出了那位長者，身子探出窗外驚嘆地重覆說道：

「那是尚─雅克──那是盧梭！」

馬車消失在遠處。

我父親動也不動，困惑著，訝異著。他的雙眼大睜，雙拳緊握。

聽見有人喊著自己的名字，盧梭只是聳聳肩告訴我父親：

「看吧，」帶著苦澀的厭世，他說：「尚─雅克甚至無法隱姓埋名：他是某些人好奇的對象，是另一些人怨恨的目標，對所有人來說則是個眾人指指點點的公共物品。如果他只需要忍受閒人的冒失舉動，那還不至於這麼嚴重；但一個人只要不幸闖出名號，就會變成公共財產。人人都在挖掘他的生活、講述他最瑣碎的行為，侮辱他的情感；他變得像是那些土牆，所有路過者都能在牆上塗寫辱罵的文字。你可能會說我出版《懺悔錄》[15]等於是自己鼓勵了這種好奇心。但是這世界逼我這麼做的。他們從窗縫間窺視屋內，誹謗我；所以我自己乾脆推開門窗，如此一來，他們至少能認識真正的我。再見了，這位先生。每當你想知道名氣所值為何，請記住你曾遇見盧梭。」

九點鐘。啊！如今我懂得父親的故事了！一週前我自問的問題，能在這故事中找到答案。是啊，如今我覺得名氣和權力是代價高昂的禮物；當它們使靈魂目眩神迷，正如作家斯戴爾夫人（Madame de Staël）所說，通常兩者都是「**迸生自幸福的哀悼**」！

15 《懺悔錄》（*Confessions*）是盧梭的自傳，出版於一七八二年。

情願出身低賤，
滿足於與低賤之輩往來，
勝過獨自振作在輝煌的悲傷中、
身披鍍了金的哀痛。

——莎士比亞《亨利八世》，第二幕，第三場

VIII
厭世與懺悔

Misanthropie et repentir

八月三日，晚上九點鐘

有時萬事萬物在我們眼裡盡顯黯淡絕望；世界好似不滿陰慘濃霧的那片天空。一切顯得失序，我們只看見苦難、短視與殘酷；世間彷彿失去上帝，落入投機的邪惡之徒手裡。

昨日我即陷入此種愁緒。到近郊走上一大段路之後，我傷心而沮喪地回到家。

我所見的一切似乎都在控訴人類為之自豪的文明！我漫步走進一條不熟悉的小巷，忽然間，我發現自己就站在窮人於此出生、潦倒與死去的可怕街區。我望著那些破敗的牆，歲月在牆面覆上一層汙穢的癩瘡；望著那些往外晾著骯髒破衣的窗子；那些散發惡臭的排水溝，就像是毒蛇盤踞屋前！我心情沉重，加快腳步前進。

再遠一些，醫院駛出的柩車將我攔住；躺在已封釘的松木棺材內的死者正要前往他最後一個居所；沒有公開的葬禮儀式，也不見送葬人。甚至連流浪者的最後友伴都沒現身——在某位畫家筆下，狗兒是窮人下葬時的唯一觀禮者！將被深埋入土的他一如生前的孤寂；想必無人會注意到他的離去。在這社會的戰場上，有什麼比一名士兵更不值一哂？

不過，如果一名成員可以就此消失，一如風吹葉落，那麼這樣的人類社會又算什麼呢？

這醫院鄰近一座軍營，醫院門前有些老弱婦孺正為了士兵施捨剩餘的粗麵包爭吵不休！我們的同類就此日日苦苦守候，等待我們的同情，直到我們施捨他們才得以生存！這整群流浪者除了上帝子民必經的審判之外，還須忍受飢寒與羞辱的痛苦。可悲的人類共同體啊！比起蜂巢裡的蜜蜂、或者地下城裡的螞蟻，人在當中的處境更為糟糕。

啊！我們的理性有何益處？如果未能因此更聰慧或更快樂，那如此多的高度技能又有何用？我們當中有誰不想把自己勞苦的生活，與眼中世界滿是歡樂的飛鳥交換？

我多麼能體會《佛耶・布列東》[1]書中人物瑪奧的怨言，他在瀕臨餓死之際，看著穿梭果樹間的紅腹灰雀說：

「唉！那些鳥比基督徒快樂；他們不需要客棧，或是肉販、麵包師傅還有園丁。上帝的天空屬於他們，大地在他們面前擺出連綿的盛宴！小小蒼蠅是他們的獵物，乾草地是他們的玉米田，叢間果實是他們的水果舖。他們有權隨處取用，無需付費或請求：所以小鳥是快樂的，鎮日唱著歌！」

然而，處於自然狀態下的人類生活也與鳥兒相仿；他同樣能享有大自然。「大地在他面前擺出連綿盛宴。」那麼，他從那構成國家的自私與不完美的組合之中，得到了什麼？若是人人都能重返大自然那流淌富饒乳汁的胸懷，仰賴她慷慨賜予安樂與自由，豈非美哉？

八月二十日，清晨四點鐘

晨光在我的床幔上映出一抹紅光，微風送來樓下花園的芬芳。現在我撐肘靠著窗台，呼吸這一日之始的清新與喜悅。

我總是抱著相同的愉快心情掃視那滿是花朵、鳥鳴和日光的屋頂；不過，我今天的目光停在那分隔本棟與鄰棟的扶壁末端。

風風雨雨扯去了外覆於扶壁上的灰泥，而風挾帶的塵土卡進縫隙，被雨水固定，已然形成某種空中露台，萌發出些許綠意。有株小麥矗生其中，如今抽出了瘦弱的穗，黃色的穗頭塌垂著。

屋頂上這株迷途的可憐作物，它的收成將會落入鄰近的麻雀嘴裡，我的思緒因而翩飛念及這時節的豐盛作物正由鐮刀收割；它讓我想起童年在家鄉

1 《佛耶・布列東》（*Le Foyer Breton*）是本書作者梭維斯特的著作。

的美好散步，農舍打穀場的擊打聲響彼時充塞遍野，滿載金色麥束的手推車自四方而來。我仍記得少女吟唱的歌謠、老人的歡快神情和工人之間的開懷嬉笑。彼時彼日，他們的神情既自豪又充滿情感。情感來自對上帝的感激，驕傲則是因為眼前的收成，那是他們勞動的回報。他們隱約感覺自己在世間的各行各業中占有聖潔與偉大的一席位置；他們驕傲地看著穀物疊成一座座小山，好似在說：僅次於上帝，是我們餵飽了世人！

人類的所有勞動當中都有多麼美好的秩序存在！

在農人犁田為所有人預備每天食糧的同時，遠在城鎮的裁縫正為他縫製身上的衣著；礦工為他的鋤頭在地底下尋找鐵礦；士兵為他抵禦侵略者；法官用律法保護他的田地；稅務員衡量、調整他的稅率；商人忙著以他的作物換取遙遠國度的物品；科學家和藝術家每天為這支理想的隊伍增添幾隻馬匹，這列隊伍牽引著物質世界，就像是蒸汽在鐵軌上推動著巨大火車！如此這般，所有人團結在一起，彼此互助；每個人的辛勤都有利於自身與全世界；工作透過默契的共識分派給全體社會的各個成員。如果這樣的分派出了差錯，如果有某些個體並非根據能力仕事，那麼這些細微的瑕疵也將消隱在整體的崇高構想之中。最可憐的人在這個組織內亦有其位置、有其工作，也有其存在的理由；人人在整體之中皆有各自作用。

人類在自然狀態下則非如此。由於他只能仰賴自己，他必須一切準備充分。天地萬物就是他的財產，而他在當中會發現的阻礙就和幫助一樣多。他必須運用上帝賜予他的孤身之力克服這些障礙；除了機運之外無法指望其他幫助。無人為他收割、製造、打仗或為他設想；無人在乎他的處境。他只是乘上自身微薄力量的一個單位，而文明人則是乘上了整個社會。

可是，儘管如此，幾天前我卻因為清楚見到一些惡行而感厭惡。我咒罵文明人，幾乎羨慕起野蠻人的生活。

人類天性的一項弱點，就是總將感覺誤當成證據，單憑一片雲朵或一道陽光來判定季節。

那令我惋惜野蠻生活的悲慘景象，果真是文明導致的後果？我們是否該控訴社會創造出這般悲慘景象，抑或相反地承認社會已將其減輕？從士兵手裡接過粗麵包的婦孺，能否在荒蕪境地中希望自己得到更多幫助或憐憫？而彼時我感嘆遭人遺忘的那位死者，他難道不是也受到醫院的照顧，得到了棺木與長眠的簡陋墳墓？否則他孤身一人，離群索居，勢必會如野獸孤獨地死於巢穴，成為禿鷹的食物！這麼說來，最貧困的人亦能享有人類社會的好處。只要吃了別人收成揉製的麵包，就對同胞弟兄有了義務，就不能說自己對他人無所虧欠。我們當中最窮苦的人，就算得自於社會的，也遠大於他單憑己力能從自然中掙得的。

但社會不能再多給我們一些嗎？有誰對此疑惑？差錯就在任務與工作者

的分派中鑄成。時間將會減少這些差錯，更好的配置將會隨著嶄新一天的光芒升起，社會的個體如同所有事物，逐步趨向完美。難處在於我們該如何適應時間的緩慢步調——若要讓時間加速，則危險無可避免。

八月十四日，早上六點鐘

我閣樓住處的窗子像座巨大的瞭望塔立在屋頂上；包著大塊鉛皮的窗角延伸至瓦片中；冷熱交替使得鉛片翹起，在右側角落形成一道隙縫。有一隻麻雀在當中築巢。

打從第一天起，我就注意著這個空中住所的進展。我看見鳥兒前前後後叼來築巢的草桿、苔蘚與羊毛絮；我很佩服她在這困難的工事中展現出堅持不懈的技巧。起初，這位新鄰居成天振翅在花園的白楊樹間穿梭，沿著天溝啾啾叫著；彷彿只有貴婦的生活能與之匹配。隨後，突然間，由於需要替雛鳥準備一處庇護所，眼前的閒人成了工人；她不再讓自己休息或放鬆。我看見她若不是在飛翔、撿拾材料，就是在搬運；雨水或豔陽都阻止不了她。這是需求的威力的驚人例子！我們不僅因此發展出百般才能，許多美德也由此而生。

難道不是出於需求，才使得嚴酷氣候下的民族因那接連的侵略活動，讓他們得以迅速躍居各國之首？由於大自然的恩賜大多已被剝奪，他們改以勤勞補足自己。需求加深了他們的理解力，忍耐喚醒了他們的遠見。他處的人受明媚陽光溫暖，也受大地恩惠滋養，卻依舊貧窮、無知、而且赤身裸體，周身盡是寶藏，他卻無意探索。而在這裡，出於需求，他必須費力從土地上獲取食糧，建造居所以抵禦劇烈氣候變化，穿上動物毛皮好讓自己保暖。工作使他更精明也更強壯：在工作的磨難下，他似乎攀上了生物階梯的更高層，更受自然眷顧的那些人卻停留在與野獸相近的那一階。

我邊看著鳥兒邊思考著這些；她因為不停地投入於工作，本能似乎益發敏銳。鳥巢終於完工了，她在那裡安家，而我一路看著她這新生活的每一階段。

她坐在蛋上，直到孵出下一代，接著她細心照顧餵食。我的窗角成了上演中的倫理舞台，為人父母者也許能從中學到一課。雛鳥很快就長大，今早我看到他們首次飛行。其中有隻幼鳥較其他瘦弱，沒能飛離屋緣，因而跌落天溝裡。我費了些功夫將他拾起，放在巢前瓦片上，但母鳥並未注意到。一待掙脫照顧家庭的掛慮，她隨即恢復在樹林與屋頂間晃遊的生活。我遠離窗口好消除她的顧慮，虛弱幼鳥也發出呼喚的悲鳴，但這些都是白費力氣。他的壞母親已經飛去，千姿百態地鳴唱振翅。而鳥爸爸只飛近過一次，鄙視地看了看他的子嗣，然後消失無蹤，從此未再復返！

我在這個小孤兒面前弄了點麵包屑，但他不懂該如何啄食。我試著抓住他，但他卻躲進空巢裡。他的母親要是不回來，他的命運將會如何！

八月十五日，六點鐘

今早推開窗戶時，我發現那隻小鳥在屋瓦上奄奄一息；傷口顯示他是被那不稱職的母親逐出巢外。我試著呵氣，卻溫暖不了他，我感受到生命告終前的脈動；他的雙眼已經闔起、翅膀也已垂下！我將他放到屋頂上的一束陽光裡，而後掩上窗戶。生命對抗死亡的掙扎總是帶著愁緒：這是給我們的一記警訊。

所幸我聽見走廊上有人聲；想必那是我的老鄰居，和他談話能轉移我的哀思。

是我的門房太太。多麼好的一位女士！她希望我朗讀她那水手兒子的來信，並央求我代她撰寫回信。

我留下那封信，把內容抄進我的日記。信是這麼寫的：

親愛的母親：寫這封信是要讓妳知道我這些日子過得很好，除了上星期我差點兒跟船一起沉進海底——如果成真，那可真是損失慘重，因為沒有比這艘更好的船了。

一陣狂風把我們吹翻了；我浮出水面時，看到船長正在往下沉。我朝他游去，這是我的職責。下潛三次之後，我帶他游上水面，這讓他非常高興；因為在我們被救上船、他也恢復意識之後，他伸手環抱著我的脖子，就像他對其他高階水手做的那樣。

我不隱瞞妳，親愛的母親，這件事讓我很開心。而且不僅如此；救起船長似乎讓他們認為我品行良好。不久前他們通知我被擢升成最高級別的水手了！我一聽到立刻大喊：「現在我母親一天能喝兩杯咖啡了！」說真的，親愛的母親，現在沒什麼能再為難妳，如今我可以多寄點錢給妳了。信末我要懇求妳，如果希望我好，那麼就請好好照顧自己；我只有想到妳衣食無缺才安心。

妳的兒子，自內心致意
雅克

這是門房太太口述讓我寫下的回信：

我的好雅克：知道你的心地一如以往真摯，讓我很開心，你永遠不會讓提拔你的人蒙羞。我不需叮嚀你照顧自己，因為你知道我的意思；而如果你不在了，親愛的孩子啊，除了墳墓我應該別無所求；但我們並不是一定非得活著不可，而是要非盡責不可。

不必擔心我的健康，好雅克；我沒這麼好過！我一點兒也沒變老，我什麼都不需要，而且我過得就像個貴婦，今年甚至還剩些錢；因為抽屜關不牢，我把錢存進銀行，用你的名字開了戶。所以，你屆時回來會發現自己有筆錢。我也幫你的櫃子換上新麻布，還為你織了三件能在海上穿的新外套。

你的朋友全都過得很好。你的表弟剛過世，讓他留下的太太陷入困境。我匯了三十法朗過去，說是你給她的；可憐的她從此日夜禱告時都會記得你。你看，我把錢存進了另一種銀行，而獲得利息的是我們的心。

再見，親愛的雅克。要常寫信給我，永遠記得仁慈的上帝和你的老母親。

弗若辛．米勒

多麼善良的兒子與可敬的母親！喚回我們對人類的愛的正是這樣的例子！我們在突然生起的厭世情緒下，可能會羨慕起野蠻人的命運，偏愛鳥兒的生活，而非自己的同類；但經過公正的觀察後，很快就能合理地處理這種矛盾心態。細細檢視人類善惡交雜善惡的天性，我們發現良善常行，我們卻不習於關注；邪惡卻恰恰因為其例外地位，而使人震驚。假如完美不存在，那麼亦無一種惡是無可補救的。在社會萬般惡行之間，有多少心靈的財富存在！道德世界為物質世界喚回了多少救贖！

讓人有別於其他動物的，一直是深思熟慮的情感以及恆久的自我犧牲當中的那股力量。在我窗角照料雛鳥的母鳥，她付出必要的時間，以實踐確保物種長久延續的法則；但她遵從的是本能，而非理性的選擇。當她完成天命授與的任務後便拋去責任，就像我們想擺脫負擔那樣，回到利己的自由當中。另一位母親恰好相反，只要上帝繼續讓她留在塵世，她就會繼續背負自己的任務：她兒子的生命亦將延續，可說是依附於母親的生命；而當她終將消逝，她身上的那一部分亦會留在人間。

所以，情感讓我們的物種以一種有別於其他生物的方式存在。因為這些情感，讓我們得以享有某種塵世間的不朽；其他的生物代代交替，唯有人能讓自己永遠長存。

IX

米歇爾・亞洛
一家人

La famille de Michel Arout

九月十五日，八點鐘

今早我在整理藏書時，吉妮維耶太太帶著我每週日都會向她購買的一籃水果進門來。在這區住了將近二十年，我總會到她的小水果舖光顧。也許我能在別處尋得較好的服務，但吉妮維耶太太的顧客寥寥可數，我離開會讓她受傷，而且造成不必要的痛苦。對我來說，我們相識已久，這讓我對她有某種不言而喻的責任；我的光顧已成她的收入來源。

她把水果籃放在桌上。我想請她的木匠丈夫替書櫃加些層板，她連忙下樓喚他上來。

起初我沒注意到她的神情或是說話語調，但現在回想起來，她似乎不像往常那樣愉快。吉妮維耶太太是為了什麼心煩嗎？

可憐的女人！她最好的時光都在經受嚴峻的考驗，她可能會認為自己應得的磨難都已全數遇上了。就算活到百歲，我也永遠忘不了當初讓我們相識、也讓她贏得我敬意的情景。

那發生在我剛搬來這個郊區時。我注意到她空蕩蕩、乏人問津的水果鋪，被那遺世孤立的景象吸引，於是我進去買了點東西。我一向直覺地偏愛這種簡陋店鋪，店裡的選擇雖少，但我想自己的消費就代表了對貧窮弟兄的同情。對生活艱困的人來說，這些小買賣幾乎總意味著希望的依靠，是某些孤兒謀生的唯一方式。這些小店商人不求致富，而是為了謀生！你向他消費不僅僅是一筆交易，同時也是一件善舉。

吉妮維耶太太當時仍年輕，卻早已失去在窮人身上很快就會凋零的青春風華。她的丈夫是位靈巧的木匠，心思卻日漸遠離工作，用作坊生動的用語來形容，就像個神聖星期一的信奉者[1]。他一週總是只拿到兩三天的工資，卻全數奉獻給城牆外的神祇[2]，使得吉妮維耶太太不得不扛起所有家計。

有天夜裡，我去向她買點水果時，聽見店鋪後方傳來爭執聲。有幾個女人的嗓音，我聽出其中一人正是吉妮維耶太太，她泣不成聲。再朝裡望，我發現這個賣水果的女人正吻著她懷中的孩子，有個農村的奶媽似乎正在向她討薪水。這可憐的女人顯然所有解釋與托詞都已用盡，靜靜哭著，一位鄰居試圖安撫村婦，卻只是枉然。這個奶媽由於視錢如命（這是艱苦農村生活的惡性）而激動不已，也因為拿不到預期可得的薪水而失望，正不停出言指責、威脅和辱罵對方。我情非得已地聽著這場爭執，不敢介入、也沒想到要離開，這時米歇爾・亞洛出現在店門口。

這位木匠剛從城外回來，他今天大半時光都耗在酒吧裡。他沒繫皮帶，脖子上的襯衫鈕釦解開，身上不見任何高貴的工作痕跡；他手中拎著才剛從泥濘裡撿起來的帽子；頭髮蓬亂，眼神呆滯，臉色在酒醉過後泛著蒼白。他進門時腳步踉蹌，迷亂地環顧四周，喊著吉妮維耶的名字。

她聞聲一躍而起，衝進店裡，但一看見那連站都站不穩的可悲男人，她緊擁著孩子，俯身哭了起來。

村婦和鄰居也尾隨而來。

「喔！夠了！」奶媽憤怒地叫道：「妳到底有沒有打算付我錢？」

「這就要問管錢的老爺了。」隔壁的女人諷刺地回答，手指著挨在櫃台邊的木匠。

村婦直直看著他。

「好啊！這就是孩子的爸爸呀。」她回話：「好個懶乞丐！沒錢付給老實人，卻能喝成這副德性。」

1 神聖星期一（Saint Monday）意指懶散不開工的星期一。班傑明・富蘭克林在十七九一年出版的自傳裡用了這個措詞後，逐漸常用來指稱工業時代的工人於週六領了工資後週一上班意願大減，寧可待在家裡，尤以手工匠人居多。

2 那時便宜的酒舖都開在城外，以規避入市稅或巴黎市的消費稅。

醉漢抬起頭來。

「什麼！什麼！」他結結巴巴說著：「誰在說什麼酒的事？除了白蘭地我什麼都沒喝！可我現在要再回去喝點酒！老婆，把錢給我，幾個朋友還在托雷爸爸酒吧裡等我。」

吉妮維耶沒回應。他繞進櫃台，打開抽屜開始翻找。

「你看見這家人的錢都到哪兒去了吧！」鄰居向村婦說：「他全拿走了，這可憐又悲哀的女人是要怎麼付你錢？」

「是我害的嗎？」保母答道，她很生氣。「錢是他們欠我的，不管怎樣都得付！」

一如農村婦女的囉嗦，她開始滔滔不絕說著自己如何照顧小孩，以及帶小孩所有的花費。她越是細細憶述，就越認為自己更站得住腳，也更加氣憤。這可憐的母親顯然擔心孩子會被發狂的她嚇壞，於是回到店舖後方，將孩子放進搖籃。

我分辨不出村婦究竟是將這母親的舉動視為決心逃避，或是被激動的情緒蒙蔽了心；她衝進後室，我聽見裡頭傳出爭吵聲，嬰孩的哭聲也隨即響起。仍在翻找抽屜的木匠嚇了一跳，抬起頭來。

吉妮維耶此時出現在門口，那村婦試圖從她懷裡搶走孩子。她跑向櫃台，躲到丈夫背後哭喊：

「米歐爾，保護你兒子！」

醉漢立刻站起身子，像個剛睡醒的人。

「我兒子！」他含糊地說道：「什麼兒子？」

他低頭看著嬰孩，臉上隱約閃過一絲清明的神智。

「羅勃，」他接著說：「是羅勃！」

他試圖站穩身子好將孩子接抱過來，腳步卻是搖搖晃晃。奶媽氣沖沖地走近。

「我的錢拿來，否則我要帶走小孩！」她吼道：「這孩子是我餵大的：這養育費妳要是不付，那麼對你們來說，他就跟死了沒兩樣。沒得到酬勞或小孩，我是不會走人的。」

「那妳打算拿他怎麼樣？」吉妮維耶把羅勃緊緊抱在胸前，喃喃說著。

「送去救濟院！」村婦厲聲答道：「那地方當個媽都比妳稱職，因為他們至少還會負擔小孩的吃喝。」

聽見「救濟院」這三個字，吉妮維耶驚恐地叫出聲。她環抱兒子藏進懷中，伸掌護著退到牆邊抵著，像是一頭保衛幼獸的母獅。鄰居和我在一旁注視著，不知如何是好。至於米歇爾，他輪番看了看我們，顯然正試圖努力理解眼前所見。當他的目光落在吉妮維耶和孩子身上時，眼裡閃現著快樂的光芒，但轉向我們時卻又是遲疑而愚蠢。

最後歷經一番明顯的莫大掙扎後，他大聲喊道：「等一下！」他走向裝滿水的臉盆，把臉浸進去好幾回。所有人全看著他；村婦似乎也楞住了。最後他抬起滴著水的頭。洗臉消去了些許醉意，他盯著我們看了一會兒，而後轉向吉妮維耶，神色一亮。

「羅勃！」他朝嬰孩走去，接過孩子抱進懷裡。「啊！孩子讓我抱，老婆；我一定會顧好他。」

這位母親將兒子交給他時似乎有些不情願，而且張開雙臂站在他面前，像是擔心孩子摔落。奶媽此時重起話頭，重申自己的要求，這次她威脅這件事要訴諸法律。米歇爾先是專心聽她講，當他明白對方的意思後，就把孩子還給母親。

「我們欠妳多少？」他問道。

村婦開始計算各項開支，總共將近三十法朗。木匠往口袋深深找著，卻摸不出半毛錢。他眉頭緊蹙，忍不住低聲咒罵。他在胸前翻來找去，突然拿出一只大懷錶，把錶高舉頭上：

「這就是了——妳的錢就在這兒！」他笑著大聲說道：「一只懷錶，上好的一只錶！我老是說要將它留著，好讓我在乾渴的日子能換點酒喝，不過現在要喝的不是我，是這小傢伙。啊！啊！啊！幫我拿去賣掉，好鄰居，要是還不夠，我還有耳環！是吧！吉妮維耶，快幫我把耳環拿下來，有這對耳環就一筆勾銷了！大家就不會說妳是因為孩子而蒙羞——不，就算要割我一塊肉去抵押，也不能讓人這麼說！我的錶，耳環和戒指——全替我拿去金飾商那兒賣掉。付錢給那女人，然後讓這小傻瓜去睡覺。孩子給我，吉妮維耶，我來抱他上床。」

他從母親手裡抱過孩子，腳步堅實地走向搖籃。

從這一天起，米歇爾的改變有目共睹。他與過去的酒肉朋友斷絕連絡，每天早早上工，傍晚按時回家陪伴吉妮維耶和羅勃。不久後，他甚至不想遠離家人，於是在水果舖附近租了個地方，自己開業工作。

若非養育孩子的花費，他們應該很快就能寬裕度日。他們為了孩子的教育傾注一切。經過正規的學校教育，學過數學、繪圖和木工之後，羅勃幾個月前開始投入工作。他們至今已耗盡辛苦工作後所能提供的一切，以幫助羅勃的事業。所幸這一切的努力並非徒勞：種子如今已結了果，收成之日即將到來。

就在我回想這些過往時，米歇爾走了進來，在我需要的地方裝好了層架。於是，我在寫日記的同時，也仔細觀察了這位木匠。

年少時的放縱與成熟後的勞苦，深深刻畫在他臉上；他的頭髮稀疏而灰白，背駝了，雙腿乾癟又略顯彎曲，似乎身上壓著千斤重擔。他的面容有種悲傷和失望的神色。他簡單地哼答著我的問題，像是一個有意避免交談的人。

當你認為自己已經得到想要的一切，這種沮喪究竟從何而來？我想知道答案！

十點鐘。米歇爾下樓去拿他忘記帶的工具。我終於問出他和吉妮維耶究竟為何悲傷。原因正是他們的兒子羅勃！

羅勃沒有辜負父母的全心教養——他既不懶散，也沒有惡習；而是夫婦倆都希望兒子不要離開身邊。有這年輕人的陪伴，他們倆的生活就能煥然一新，重拾歡笑。就在母親數算著日子，父親為了即將成為工作夥伴的孩子張羅好一切，在他們所有犧牲即將得到回報之際，羅勃卻突然說自己剛受某個承攬維修凡爾賽宮的包商聘用。

苦勸與禱告都沒有用；他告訴父母自己參與這個大案子各個環節的必要性；說自己未來事業職位希望提升、也該具備的能力；他也希望將自己的知識轉化成優勢。最後當他母親再也無話可說、開始哭泣時，他匆匆吻了她後轉身離開，好避免母親的老調重彈。

羅勃離開一年，他們沒見到一絲孩子返家的希望。他和父母一個月幾乎見不到一次面，返家也只是稍作停留就走。

「我曾希望自己得到回報，卻只是受了懲罰。」米歇爾剛才對我說：「我曾經渴望有個生活簡樸而勤勞的兒子，老天卻給了我一個志向遠大、看重錢財的兒子！我以前一直告訴自己，等他長大，我們就能讓他長伴左右，讓我們回憶青春、心靈活躍。他母親總希望他快結婚，繼續有個孫兒女照顧，你知道女人總是為他人操勞。至於我，我想要他在我的工作台旁做事，還可以唱著他的歌；因為他學過音樂，而且是合唱團唱得最好的其中一人。」

「那只是妄想啊，先生，真是如此！翅膀長硬了，鳥就直接飛走，根本不會記得父母。就像昨天，我們期待的一天，他原本應該和我們吃晚餐的。但他今天也沒出現，沒有！他有些計劃要完成、有些交易要處理，而他的老父母被排在最後，比顧客和木匠的工作還不如。啊！我怎麼猜得到最後是這種結果！蠢蛋！這將近二十年來我犧牲愛好和金錢，全為了教出這不知感恩的兒子！難道我大費周章去戒酒、跟朋友絕交，成為鄰里問的模範，就只為了這些？原本快活的好傢伙自己去當了傻瓜。噢！如果我能重來一遍！不，不！你懂了吧，女人跟小孩是我們的禍根。他們軟化我們的心，讓我們的生活充滿希望和情感；我們用去人生的四分之一，去把一顆玉米粒拉拔長大，那會是我們老年的所有資產，可是到了收成的日子——完了，穗頭根本是空的！」

米歇爾說話時，聲音開始變得沙啞，目光凶狠，而且雙唇顫抖。我希望能回應幾句，想得到的卻只是極其平凡的安慰，於是我保持沉默。這木匠裝作得回去拿個工具，藉機離開。

可憐的父親！啊！我懂那種內心動搖的時刻，當美德未能帶來獎賞，我們就後悔遵從了她！誰沒在承受試煉時感受到這種軟弱，又有誰不曾有過那麼一次「對布魯圖的哀嘆」[3]。

然而，「美德」若僅僅是個名詞，那麼人生中還有什麼是真實且實在的？不，我不會相信善良只是枉然！美德並非總能換得我們期望的幸福，卻能帶來其他一些。這世上一切皆由秩序規範，且萬物有其適當、或者必然的因果，而美德亦無法跳脫常規成為唯一例外。如果美德已經有害於實踐它的人，那麼經驗也會給他們教訓；但恰好相反，經驗卻讓美德更加普遍、更加聖潔。我們指控美德是背信的債務人，因為我們冀求能立即實現的回報，而且必須是能顯著感受到的回報。我們總是將生活想成童話，每一件善行都得有一個可見的奇蹟作為報酬。我們無法接受報酬化為寧靜的良知、自我的滿足，或是良好的名聲——這些珍寶較任何東西都珍貴，我們卻要在失去後才懂得其

3 布魯圖（Brutus）是羅馬共和時期的元老院議員。據說，當凱薩發現布魯圖也參與了刺殺行動時，最後的遺言是：「還有你，布魯圖？」

價值！

米歇爾回來繼續工作，而他的兒子還沒回家。

在向我傾訴自己的期望與慘痛的失望之後，他情緒激動，不斷重述相同話題，每提一次就多傷心一些。他剛才告訴我一些私事，說他原本想頂下一間木工坊，在兒子幫忙下好好經營。現任店主靠這間店已經賺了一筆，經營三十年後，如今他有意退休，住進城郊那些別緻的小別墅過生活，那是節儉而成功的勞工常見的退休之所。事實上，米歇爾手上連頂下店面得支付的二千法朗都沒有，但他或許能說服老闆貝諾先生稍等一段時日。羅勃的參與能讓他安心，因為這年輕人必然會讓他們的工坊事業蒸蒸日上——他不只擁有科學知識和技術，他還有發明與改良的能力。他父親在他的圖稿中發現一個樓梯的新設計，是他經過漫長思索得來，他父親甚至猜想，他之所以投入凡爾賽宮的承包修復工程，正是為了將此設計付諸實作。這位青年深受這種發明精神折磨，心思全被占據，一旦投入研究，便顧不得內心情感。

米歐爾以一種參雜了驕傲與煩惱的情緒訴說這一切。我看到他對自己頗有怨言的兒子感到驕傲，而這驕傲卻也使得他更在意兒子忽視了自己。

晚上六點鐘。我剛才度過了愉快的一天。才幾個小時就發生了多少事情，吉妮維耶和米歐爾也有了多大的轉變！

那時他剛裝好書架，對我說著他兒子的事，而我鋪好桌布正準備用餐。我們聽見走廊突然傳來一陣急促的腳步聲，門隨後打開，吉妮維耶帶著羅勃一起走進來。

木匠起先又驚又喜，但他隨即壓下情緒，彷彿想保持看似不滿的模樣。年輕人似乎沒有注意到這點，他坦率地直接撲進父親懷裡，這令我訝異不已。吉妮維耶臉上洋溢著幸福光采，似乎想說些什麼，但難耐地壓抑住。

我告訴羅勃自己很高興見到他，他大方客氣地回應我。

「我昨天在等你。」米歇爾．亞洛說，語氣冰冷。

「原諒我，父親。」這年輕人回答：「但我在聖日耳曼區有工作，很晚都還走不了，於是店主就讓我住了一晚。」

木匠斜眼看著兒子，接著又拿起他的鎚子。

「好吧。」他用發牢騷的口吻喃喃說道：「在別人家的時候，我們是必須滿足主人的希望；可是總有些人寧願拿自己的刀切些黑麵包，而不是用主人的銀叉子吃鶴鶉。」

「我就是那樣的人，父親。」羅勃愉快地說：「但是俗話說『吃到豆子之前得先剝去豆莢』，所以我首先得在大工坊裡做事——」

「——才能繼續你的樓梯設計案。」米歇爾語帶譏諷地打斷他。

「你說的是瑞蒙先生的設計，父親。」羅勃回答，面帶微笑。

「為什麼？」

「因為我已經把設計賣給他了。」

正刨著木板的木匠迅速轉過身來。

「賣了！」他目光炯炯地叫道。

「因為我並不有錢到可以直接送給他。」

米歐爾扔下手裡的木板和工具。

「他又來了！」他憤怒地說：「他的大好天分讓他想到一個能揚名的好點子，結果他卻把這點子拿去賣給一個有錢人，讓自己的榮耀讓對方搶去。」

「但這有什麼壞處嗎？」吉妮維耶問道。

「有什麼壞處！」木工激動大吼：「妳什麼都不懂，但他清楚真正的工匠絕不會為了錢而放棄自己的發明，就像士兵不會捨棄他的十字勳章。那是他的榮耀，他應該為了它帶來的榮耀而留住它！啊，真是豈有此理！如果我想出這種東西，那我就算賣掉一隻眼睛也不願拿去拍賣！妳難道不知道，對工匠來說，新發明就像是自己的小孩？你悉心照顧，拉拔它，想辦法讓它來到這世上，只有低劣的東西才會把它賣掉。」

羅勃臉色稍稍漲紅。

「父親，你這想法會變的，」他說：「等到你曉得我為什麼賣掉設計圖。」

「對，而且你會感激他這麼做。」再也忍不住的吉妮維耶補上一句。

「不可能！」米歇爾回話。

「但是，你這老糊塗啊！」她大喊：「他賣掉全都是為了我們！」

木工驚訝地望著妻子與兒子；此時必然需要一番解釋。羅勃述說他如何與工坊的貝諾先生交涉，除非先付出兩千法郎的半數金額，否則對方已直接拒絕讓出生意。那時為了籌得這筆錢，他去凡爾賽宮與承包商共事，此舉非但有了機會嘗試自己的發明，也有機會為其尋找買主。多虧賣掉設計圖的所得，他剛才和貝諾先生談成交易，為父親買下工坊。

年輕工匠這番如此謙遜而樸實的解釋讓我感動不已。吉妮維耶哭了；米歐爾則將兒子緊抱懷中，彷彿這長長的擁抱是希望兒子原諒自己方才的不公指責。

現在一切都解釋清楚，還給羅勃清白。父母原本認為是冷漠的行為，其實出自情感，他既沒有屈從於抱負或貪婪的誘惑，也沒有順服於更崇高的創造天賦靈感：他所有的動機和唯一目的，只有吉妮維耶與米歐爾的幸福。證明自己心懷感激的日子已到來，而他以犧牲來報答犧牲！

在這些歡欣的解釋與感嘆後，一家三口準備離開；但我已鋪好桌布，於是加上三副餐具，留他們下來共餐。

這頓飯吃了許久：桌上食物勉強過得去，但滿溢的情感卻讓餐食變得美味。我從未明瞭家人之間難以言說的愛深藏著無比魅力。在這總是能與人共享的幸福中、在這聚合了各種情感的利益共同體內、在那構成個體的存在關係裡——蘊含了多少平靜的享受！一個人若是缺少彷彿盤根將他固定在地、讓他吸取生命汁液的家庭情感，將會如何？能量、幸福，如此種種不全都由此而生嗎？少了家庭生活，人要在哪裡學習愛、學習與人交往與自我奉獻？家庭難道不是教會我們如何在大群體生活的一個小群體嗎？這就是家庭的聖潔，而且我們也借用了基於家庭生活所發明的字眼，以表明人與上帝的關係：人類稱自己為天父之子！

啊！讓我們悉心維護家人間的聯繫。別拆散人際的麥束，使得與習性跨越既有界限，如果可能的話，也讓我們實現外邦人的使徒[4]曾對基督新生子女宣示的：「你們就要同心和意，愛心一致，靈裡一致，意念一致[5]。」

4 指西元一世紀的基督教傳教士聖保羅。

5 此處出自新約聖經腓立比書第二章；譯文參照中文標準譯本（CSB Traditional）。

第三卷

X
我們的國家

La patrie

十月十二日，早晨七點鐘

夜已變得寒冷又漫長；穿透窗簾的陽光再也無法早早在工作開始前將我喚醒；即使睜開眼，床鋪的舒適溫暖卻仍讓我牢牢蓋緊被子。我的活躍與懶惰每天早上會有場漫長的激辯，而我裹著被子只露出眼睛，像是加斯科涅人[1]那樣等著，直到它們達成協議。

不過，今早有一道光從房門口直射在枕頭上，使我醒得比平時早。我翻過身子卻只是白費力氣，那道光頑固地追著轉換各種姿勢的我，像個得勝的敵人。最後我忍不住起身，把睡帽朝床腳扔去！

（我在此寫出帽子在意涵上的種種演進，帽子如今似乎意味著和平，但在最久遠之前則是激烈情緒的象徵物；因為我們的語言借用了它最常見的形象。例如我們說：Mettre son bonnet de travers——斜戴著軟帽——不悅；jeter son bonnet par-dessus les moulins——把軟帽扔到磨坊上——不顧他人意見；avoir la tête près du bonnet—把頭靠近軟帽——易怒。）

無論如何，我起床時仍是壞心情，咒罵那個在我想睡覺時，他卻總是醒著的新鄰居。人皆如此；我們不懂他人也許是為他們自己而活。人人彷彿皆自居為地球，依循托勒密[2]的舊學說，以為能讓全宇宙繞著自己運轉。以先前提到的比喻來說，即是：「**每個人的頭都在同一頂軟帽裡**[3]。」

正如方才所說，我將睡帽暫且扔到床的另一端，慢慢從溫暖被窩裡抽出雙腿，邊想著「有鄰居真是不便」的許多壞想法。

一個多月前，我還不必抱怨那些拜機運所賜而來的鄰居；他們大多只是

---

1 加斯科涅（Gascony）地區位於法國西南與西班牙交界處。

2 托勒密（Claudius Ptolemy）是西元二世紀時羅馬帝國的天文學家。

3 Tous les hommes ont la tete dans le meme bonnet，指人們有類似的的想法及意見。

回來睡覺，天一亮就出門。頂樓幾乎可說是只有我一人，身旁只有雲朵和麻雀。

然而巴黎沒有事物能夠長久；人浮沉於生活之流，彷彿海流從礁石上扯下的海草，而居所不過是收容過客的船隻。我在閣樓長廊上已看過多少張不同的面孔！多少僅有數日之緣的同伴就此永遠消失！有些人在必然的災禍下不斷流轉的生存滾浪裡迷失，其餘的則落腳死者安息之地——那些長眠上帝手下的死者！

書籍裝幀師彼得屬於後者。他受自私心態籠罩，獨自生活也無朋友，而他死時景況一如生前，無人為他的離世哀弔，也未攪動世事分毫，他的死不過是填滿墓地一方土穴，以及讓這棟樓空出一間閣樓。

新鄰居幾天前遷入的正是那間閣樓。

老實說（現在我已十分清醒，壞心情也隨睡帽扔去了）——老實說，新鄰居的早起雖與我的懶散不合拍，但他確實是個好人：他溫和、開朗地背負著自己的不幸，一般人即便有好運，也僅有少數能夠如此。

但命運曾對他無情地試煉。喬福老爹此時不過是一副殘破的軀體，他一隻手臂處懸著一只空蕩的衣袖，他的左腳是由車床技工做出來的義肢，右腳也得費力拖行；但浮現在這些殘缺之上的卻是一張平靜而快樂的臉龐。看著他面容映現的寧靜力量，聽著他的聲音，那可謂善良的口音，我們能看見在那半殘的外觀下仍保有完好的靈魂。堡壘雖有些受損，喬福老爹這麼說，但駐軍還很有士氣。

我越是念及這位優秀的人，無疑就越後悔自己起床時曾那樣咒罵他。

我們通常太過縱容自己在背地裡冤枉鄰居。在我們看來，一切不跨越思想範疇的惡意都是無罪的，而且，我們用自己愚蠢的正義，輕率地赦免了未付諸行動的罪孽！

難道我們與他人的緊密關係只是因為法律規範？除卻這些外在關係，難道人與人之間沒有真正的情感關係？我們幫助同樣生活在這一片天空下的他者，難道只是為了做而做，而不該發自內心嗎？在我們眼裡，每一個人生不都應是期許其一路航行愉快的船隻？人們不去傷害彼此是不夠的，還必須互助與互愛！教皇的祝禱：「給羅馬城，也給全世界！」這句話應當成為所有人內心的永恆呼喊。譴責那些不該享有祝福的人，即使是在心裡，或此番念頭一閃而過，也違背了那建立在塵世眾生之上、且受基督賜以「慈愛」美名的偉大律法。

這些思緒在我穿衣時湧入腦海，我告訴自己：喬福老爹有權得到我的補償。我要向他明確展現同情心的作為，以彌補自己方才對他的不滿。我聽見他在房裡哼著歌，他正在工作，我決定先釋出善意。

晚上八點鐘。我發現喬福老爹坐在被一旁冒著煙的小油燈照亮的桌旁，正折著大紙盒；雖然天已冷，屋內卻沒生火；他一面低聲哼著流行曲。我還未踏進門，就聽見他又驚又喜的叫聲。

「啊！是你嗎，好鄰居？進來吧！我以為你沒這麼早起，所以我就放低聲音，怕把你吵醒。」

多麼好的人！先前我對他壞心猜疑，他卻替我設想地拘束自己！如此想法觸動了我，我歡迎他成為鄰居，話裡的溫暖讓他打開了心房。

「說真的！你看起來像是虔誠的基督徒。」他用軍人般的真摯口吻說，然後握了我的手。「我不喜歡把長廊視為戰場前線、把鄰居當哥薩克人[4]的那種人。大家呼吸著相同的空氣，說著相同的語言，不應該背對著彼此。好鄰居，

4　哥薩克人（Cossacks）是東歐草原遊牧民族，善騎術與打仗；也因此在西歐人眼裡，哥薩克人素有異族掠奪者的形象。

你就坐那兒吧；我不是在指揮你……但小心那只凳子，它只有三條腿，我們得用善意來取代第四條。」

「你說的那種寶藏在這裡似乎一點都不缺。」我說。

「善意！」喬福重複道。「我母親只留了這給我，我想這是為人子女所能得到的最好遺產。所以在戰場上大家總是叫我滿足先生。」

「這麼說來，您是個軍人？」

「共和時期我在第三砲兵部隊服役，之後在動亂期間，我則是革命軍。我待過傑瑪佩斯[5]，也待過滑鐵盧，所以可以說，無論是我們光榮的受洗禮或葬禮，我都在場！」

我驚訝地看著他。

「那麼，您在傑瑪佩斯時幾歲呢？」我問。

「大約十五歲。」他說。

「您那時這麼年輕，怎麼會想從軍？」

「我沒認真考慮過。那時我在玩具廠工作，從沒想過除了西洋棋盤、毽子、杯與球[6]以外，法蘭西會要求我替她做些什麼。可是我時不時會去萬森[7]探望一位年邁的伯伯——他是打過豐特努瓦[8]戰役的退伍軍人，軍階與我相同，但資格足以晉升為元帥。很不幸，那時代的普通人不可能得到提拔。我伯伯的戰功在別人手下足以封為親王，最後只以中尉退伍。你真該看看他套上軍服的模樣，他的聖路易十字勳章、木製義肢，一把白鬍鬚還有高貴的面

5 在一七九二年於比利時的傑瑪佩斯（Jemappes）戰役中，法國大革命後新成立的共和國軍隊擊敗了神聖羅馬帝國軍隊。前文的動亂時期指的是法國大革命。

6 一種常見的魔術：把一顆球放入三個杯子的其中一個，然後不斷挪移，最後請觀眾猜出球的位置。

7 萬森（Vincennes）位於巴黎東部近郊。

8 豐特努瓦（Fontenoy）戰役發生於一七四五年，是法軍在「奧地利王位繼承戰爭」最大的一場勝利。

容。你會說凡爾賽宮那列戴假髮的老英雄肖像裡一定有他！

每次我去探望，他總會說些讓我銘記在心的話。但有一天，我發現他面色凝重。

『耶羅，』他說：『你知道前線現在發生的事嗎？』

『不知道，中尉。』我回答。

『好吧，』他說：『我們的國家有危險了！』

我不完全明白他的意思，但他的話仍觸動了我。

『你可能從沒想過你的國家代表什麼，』他的手擱在我肩頭，繼續說道：『國家就是在你周圍的一切，餵養你、拉拔你的一切，也是你愛的一切！你眼前的土地、那些房子、那些樹，還有那些邊走邊笑的女孩——這就是你的國家！保護你的法律，你工作領到的麵包，與他人交談的字句，在你居住之地周遭的人、事、物帶給你的快樂與悲傷——這就是你的國家！你以前與母親相聚的小房間，她留給你的回憶，她安息的那片土地——這就是你的國家！你看到了，你也聞到了，無處不在！你自己想想，我的姪兒。想想你的權利與責任，你的情感與需要，你從前與現在所獲得的祝福；把它們全寫在一個名稱底下——那個名稱就是你的國家！』

我激動得渾身顫抖，眼裡淚水直湧。

『啊！我懂了，』我哭喊：『它就是我們的大家庭：它就是上帝在這世上安置我們身體與靈魂的地方。』

『說得正是，耶羅。』老兵繼續說：『所以你也明白我們虧欠它什麼。』

『那是當然，』我接話：『我們應該盡我們所能；這關乎愛。』

『也關乎正直，我的姪兒。』他斷然地說。『一個家庭成員如果在工作和幸福上沒有貢獻，那就是未善盡責任，是個不合格的家人；一個合夥人如果不盡其所能、不能付出勇氣與全心全意，就是欺騙了生意該有的樣子，是個不正直的人。同樣的，未能以所有膽識全心全力投入的合夥人，便是詐取了生意的原有利潤，便是一個不正直的人。同樣的，坐享國家好處、卻不願擔負責任的人，就是失去榮耀，是個不合格的國民！』

『那麼一個人要做什麼才能成為好國民，中尉？』我問。

『為你的國家做你願為父母做的事。』他說。

我當下沒答話；我的內心鼓脹，熱血沸騰。在回家路上，伯伯的話語簡直歷歷在目。我重複著：『為你的國家做你願為父母做的事。』我的國家有難，遭受敵人攻擊，而我——我卻在轉著杯與球！

這個想法深深折磨我一整夜，隔天我回去萬森向中尉報告自己剛加入軍隊，即將出發赴往前線。這位勇士將他的聖路易十字勳章別在我身上，隨後我像是特使一樣驕傲地離開。

我的好鄰居啊，這就是我在長出智齒前就成為共和國志願軍的經過。」

屈。

他平靜地說著往事，神情愉快，沒將這些已實踐的責任看作是功績或委屈。

喬福老爹說話時神采飛揚——不是因為他自身，而是因為所有的話題。在人生的劇本裡，他感興趣的顯然不是自己扮演的角色，而是戲劇本身。

這般無私令我感動。我多待了一會兒，盡可能坦誠相待，希望他也以信賴回應我。他在一小時裡得知我的際遇和生活習慣；我和他彷彿舊識。

我甚至向他坦承，不久前他的燈光讓我有些不快。他懷抱一顆正直的心與凡事皆往好處想的愉悅心情聆聽，他並沒有告訴我，當我能休息時他仍得工作的需要，他也沒告訴我相較於年輕職員的奢侈，一個老兵那被奪去的東西；他只是拍拍額頭，怪自己不小心，答應會把門縫塞緊！

多麼偉大又美麗的靈魂！他眼中沒有事物會化為苦澀怨恨，而他的決斷只用在責任與慈愛之上！

十月十五日

今早我看著一小幅版畫，那畫是我自己裱框，就掛在書桌上；那是卡瓦尼[9]的作品。他以沉重氛圍描繪一名老兵與一名剛入伍的新兵。

我時常凝望畫中兩個人物，他們神情殊異、如實反映人生，像是在我眼前活了起來。我曾見他們移動，聽他們交談；這幅畫已成為一幕真實場景，而我置身其中旁觀。

老兵緩慢前行，一隻手扶在年輕士兵的肩上。他的雙眼永遠緊閉，再也無法感受那陽光穿透盛開的板栗樹林。一只空蕩衣袖取代了他的右臂，而且他裝了一條木腿走著，敲擊路面的聲響使得路人回頭觀望。

見到這名打過愛國戰爭的殘老士兵，絕大多數人憐憫地搖搖頭，我彷彿聽到一聲嘆息或一句祈求。

「看看光榮的代價！」一個胖商人驚恐地別開視線說著。

「人命的用途竟如此可悲！」胳臂夾著一卷哲學書的年輕男子附和。

「這個士兵本不該放下他的犁。」一名村夫挖苦地補上一句。

「可憐的老人！」一名女子喃喃低語，聲調欲泣。

老兵聽見了，他皺起眉頭；因為他察覺自己的領路人陷入深思。至於後者，他受到周遭話語的吸引，對老人的提問幾乎未答，他茫然失落的目光好似在尋找某些問題的解答。

我似乎看見老兵的灰鬍鬚顫動了一下；他忽然停步，伸出僅存的手臂拉住他的領路人：

「他們全都可憐我，因為他們不懂。但如果我得給他們回話——」

「你會對他們說什麼，父親？」年輕人好奇地問。

9 卡瓦尼（Paul Gavarni）是十九世紀的法國版畫家。

「我要先對一見到我就啜泣的女子說，把淚水留給其他不幸的人吧；我的每一道傷口都讓我想起自己為著國旗的奮鬥。有些人是否盡了義務或許還有懷疑的餘地，但在我身上則是清清楚楚。這些從軍痕跡是敵人用鋼鐵與槍彈刻劃的，就在我身上；因為我善盡義務所以可憐我，那就是在說我不如別盡義務。」

「那你會對村夫說什麼，父親？」

「我要告訴他，為了平靜地以犁耕田，得先確保國家安全。只要有外國人等著吞掉我們的收成，就必須有軍隊來守護。」

「還有那個年輕學生，他搖頭感嘆生命竟用於戰爭。」

「因為他不知道人從自我犧牲與苦痛中能學到什麼。他讀的那些書我們雖然從沒讀過，卻已經親身實踐了：而那些他所稱頌的道理，我們也曾以火藥與刺刀捍衛過。」

「還有你付出肢體與鮮血作為代價。當那個商人看見你的殘缺的身軀，他說：『看看光榮的代價！』」

「別相信他，兒子啊：真正的光榮是靈魂的食糧，它滋養出自我犧牲、耐心和勇氣。萬物的主宰者賜予了光榮，作用更接近人與人之間的約束。當我們想成為同胞間備受推崇的人物，難道不該證明自己對於他人的尊重與同情？期盼獲得他人讚賞只是愛的一種面貌。不，不是的！為真正光榮付出的代價永遠不嫌高啊！孩子，我們該痛惜的並非慷慨犧牲的軟弱，而是罪惡或魯莽輕率所喚起的那些軟弱。啊！如果我能大聲對向我投以憐憫目光的那些路人說——我要對那由於過度使用、讓視力在年老前就變得模糊的年輕人說：『你用你的雙眼做了些什麼？』對那勉強拖著龐大卻虛弱的身軀的懶人說：『你用你的雙腳做了些什麼？』對那因為過度放縱而飽受痛風之苦的老人說：『你用你的雙手做了些什麼？』然後對所有人說：『究竟你們用上帝給予的光陰、以及本該用於同胞福祉的才能做了些什麼？』如果無法回答，那就別再憐憫為國殘廢的老兵，因為他能——至少他能——毫不羞愧地展現傷痕。」

十月十六日

這一小幅版畫讓我更能理解喬福老爹的德行，也因此對他更加敬重。

他剛離開我的閣樓住處。自此之後，不是他來我家爐火旁工作、要不就是我去他家木桌旁聊天，每天都是這樣度過。

這位老砲兵見多識廣，也樂意講述。二十年來他形同一個武裝的旅者，行遍歐洲，戰鬥時他心無仇恨，因為他心中只有一個念頭——為了榮耀國旗而戰！這也可說是他的迷信，但同時也是他的防線。

法蘭西，這個當時在世上如此光榮響亮的名字，對他而言是個能抵禦所有誘惑的護身法寶。擁護一個偉大名字似乎是庸人心中的重擔，對勇者卻是種鼓舞。

「我也曾有過許多時刻，」前幾天他對我說：「被誘惑與魔鬼為伍。戰爭並非講求傳統美德的學校。你的情感會因為燒殺、破壞的力量而變得強悍；當刺刀讓你稱王，獨裁者的想法會強而有力地進入你的腦袋。但在那些時候，我想起中尉伯伯告訴過我的那個國家，於是我低聲告訴自己這句家喻戶曉的話：『永遠是法蘭西人！』它一度被當成笑話。那些拿母親死亡來開玩笑的人也讓這句話變得嘲諷[10]，好像我們國家的名字不再高貴、也不再有約束力。對我來說，我永遠不會忘記**法蘭西人**這個稱號為我驅走多少傻念頭。疲憊不堪時，我發現自己就在國旗後面，當槍聲在前線響起，有多少次我都聽見耳邊

10 法語的死（la mort）與戀愛（l'amour）讀音相近，因此有人將「母親的死」與「母親的愛情」作為諧音雙關語；此處指亦有人把永遠是法國人（Toujours Francais）拿來開類似的諧音玩笑。

有聲音低語：『讓別人去戰鬥，今天你只管躲起來！』但就在那時，**法蘭西人**的名啊！我心中默念，然後我衝上前去幫助同袍。也有些時候，我受飢寒和傷口的刺激，來到某個德國佬的破屋前，心中湧起衝動想把那屋主折成兩半、再放火燒了他的房子；但我心中默念，**法蘭西人**！這名字是無法與縱火者、殺人犯押韻的。我就像這樣，從東到西、由南至北地越過王國，一直抱著決心，不讓國家的旗幟蒙受恥辱。你瞧，中尉伯伯教會我一個神奇的詞——我的國家！我們不但要捍衛它，還要讓它變得偉大且廣受敬愛。」

十月十七日

今天我在鄰居家待了許久。因為我偶然說出的一句話，他告訴我更多先前沒提到的過往。

我問他是否是在同一場戰役裡失去手和腳。

「不，不是的！」他回答：「大砲只奪走了我的腿。吞了我的手臂的是克拉馬爾鎮的採石場。」

接著我詢問他詳細情況——

「那過程就跟道聲早安一樣簡單，」他繼續說：「滑鐵盧大敗後，我在戰地醫院住了三個月，好讓木腿可以順利使用。等到我勉強能一瘸一拐地走動，就馬上離開司令部去了巴黎，希望能在這裡找到一些親人或朋友；可是不如預期——他們全都離開或是入土了。去維也納、馬德里或柏林我可能還不會感覺如此陌生無依。雖然少了一條腿要供養，但日子沒有比較好過；我恢復了胃口，最後一枚硬幣很快也就飛了。

不過我倒是遇見一位老長官，他記得我曾在蒙特羅鎮[11]的交戰中幫助過

11 蒙特羅（Montereau）位於法國中部偏北的塞納—馬恩省。

他，那時我把自己的馬匹讓給他；上校於是提供我在他家吃住。我知道他去年結婚後得到一座城堡和不少農場，如此我就能一直在這位百萬富翁身旁，為他拍去大衣上的灰塵，這何嘗不是一大誘惑。這取決於我是否已無更好的事情可做。某天晚上，我決定好好思考一下這件事。

『看看吧，喬福，』我對自己說，『問題是你得有個男人的樣子。上校的地方固然適合你，但難道你不能去做些更好的事？你的身體狀況還是不錯，雙手健壯；就像你萬森的伯伯說的，難道不該把所有的力量獻給國家？為什麼不讓比你傷得更重的老兵去上校家休養？來吧，騎兵，你還能再勇敢進攻個一兩輪！時候未到，你還不能鬆懈。』

於是我向上校道謝後，前去為一位老砲兵工作；他回到克拉馬爾的家鄉，重拾採石礦工的鐵鍬。

頭幾個月，我就像是剛被徵召入伍的新兵，也就是說搞砸的比貢獻的還多；不過就像所有其他事一樣，意志堅定的人最後總會採得好石頭。我沒有成為所謂的小隊長，但我得到一群好工人的尊敬，而且大口吃著我以堅定意志掙得的麵包。你瞧，即使我在地底採石，依然保有自尊。我努力採礦是要將岩石變為房屋，這種想法讓我心滿意足。我告訴自己：『勇敢些，喬福，我的老夥伴；你是在協助讓國家變得更美好。』而那能讓我精神高昂。

很不幸，有些同伴太容易受到白蘭地的誘惑；結果某天有個人分不出自己的右手和左手，竟認為炸藥裝填處附近適合點菸。礦坑瞬間爆炸，漫天石屑灑在我們身上，奪走三個人的性命，還有我現在只剩空袖的這隻手。」

「所以你又失去了謀生之道？」我對老兵說。

「應該說，我必須改變謀生之道。」他平靜地回答：「難就難在於要找到一個可用五根手指、而非十根手指完成的工作；但我還是找到了。」

「是怎麼樣的工作？」

「成為巴黎清道夫的一員。」

「什麼！你加入了他們——」

「加入了公共衛生的先鋒一陣子，好鄰居，但那不是我最糟的時候。我可以告訴你，清潔隊員雖然滿身髒污，卻不卑微！我們當中有從來學不會儲蓄的年老女演員，有在證券交易所破了產的商人；甚至有一位古典文學教授，你能用一小杯酒交換他來為你念些拉丁文或希臘悲劇，隨你挑選。大家雖不夠資格競爭蒙蒂翁獎[12]，但我們寬恕貧窮帶來的壞處，以幽默和笑話為自己的貧窮叫好。我和其他人一樣衣衫襤褸、也同樣快樂，試著成為一個更好的人。即使在水溝的污泥當中，我也保持信念，相信對國家有益之事不可能是不正當的。

『喬福啊，』我笑著對自己說——軍刀之後是鐵鎚，鐵鎚之後是掃帚；你在往下坡走呢，我的老夥伴，但你還是在為你的國家服務。」

「不過，你終究離開了那一行？」我說道。

「生活需要革新，好鄰居。清道夫的雙腳很少有乾燥的時候，濕氣又讓我那條好腳的舊傷復發。我再也跟不上這個隊伍，該是時候放手了。我離開巴黎衛生部也有兩個月了。

起初我有點氣餒。我的四肢如今只有右手完好，但甚至右手也失去了力氣；所以有必要找個紳士一點的工作。什麼事都稍微嘗試過後，我開始製作紙盒，像現在做的是替國民兵帽盒黏上花邊和徽章；這工作賺不了幾個錢，但人人可做。我清晨四點起床工作到夜裡八點，能賺個六十四生丁；租這間房、喝一碗湯花去五十生丁，還剩下三蘇的餘裕。所以說我比法蘭西還富有，

12 蒙蒂翁獎（Montyon Prizes）始自法國大革命前，目前由法國科學院和法蘭西學術院每年評選頒發；包括改善工業汙染、增進機械技術、對人性有貢獻、改善窮人處境等項目。

因為我的預算沒有赤字；而且我仍舊為她服務，為她省些蕾絲和徽章。」

喬福老爹說這些話時微笑地看著我，又開始用大剪刀為紙盒裁剪綠紙。我內心深受感動，陷入思考。

這裡還有一位神聖的方陣成員，在人生戰役裡，總是為了世界的榜樣與救贖闊步向前！其中每一個勇敢士兵都喊著自己的口號；這一位的口號是「國家」，另一位是「家園」，第三位則是「人類」；然而他們全都依循著同樣的旗幟——那是責任；全都遵守同樣的神聖律法——那是自我犧牲。愛著某樣事物勝過於愛自己——那是所有偉大事物的祕密；懂得如何為他人而活——那是所有高貴靈魂的目標。

XI
物品的精神之用

Utilité morale des inventaires

十一月十三日，晚上九點鐘

我已將窗戶縫隙牢牢封緊，小地毯也在定位釘好了；我的油燈透過燈罩散發出柔和燈光，而爐子也低沉嘀咕，彷彿某種生物正與我共享爐子的溫暖。

周遭一片寂靜。不過在屋外，融雪及雨水沖刷著屋頂，低聲汩汩流過天溝；有時一陣狂風鑽入瓦片間，彷彿響板嘎嘎作響，而後消失在空蕩蕩的走廊。一股輕微而愉快的震顫傳遍我全身血管：我用皺巴巴的舊睡衣裹身，把破損的絨帽拉低到眼睛，讓自己深深沉進扶手椅，雙腳在爐門透出的暖意和光下烤著火。我沉醉在享受的愉悅當中，意識到屋外肆虐的暴風雨使得這感覺更加真切。我的目光在一片迷霧中泅泳，游移在這安樂居所的種種細節：從我的版畫移往書櫃，接著落到印花布小沙發，還有鐵床架旁的白床幔，以及散落的紙張——也就是關於這小小閣樓的文件——然後又回到我手上的那本書，試圖想抓回方才中斷的閱讀思緒。

事實上，這本主題一度吸引我的書已經開始讓我讀來痛苦。我的結論是：作者描繪的景象太過陰沉。他對世間苦難的描述對我來說有些誇大；我無法相信人間有此等的貧窮與痛苦；無論是上帝或人，都不能如此苛刻對待亞當後裔。作者屈服於藝術誘惑：他正在炫技展現人性的苦難，一如尼祿為了景致而火燒羅馬城[1]。

總體而論，這處落魄的閣樓雖然經常整修，也備受埋怨，仍然是個相當不錯的住所；只要懂得如何設下界限，我們便能從中找到足以滿足我們需求的東西。智者的幸福代價並不高，小小的空間就已足矣。

這些安慰的想法變得益發混亂。手裡的書最後滑落在地，我卻無心將之

1 西元六十四年，羅馬皇帝尼祿（Nero）在位時發生了羅馬大火，延燒將近一星期；有一說法是他為了獲得空地興建宮殿、或僅僅為了寫首焚城詩而派人縱火，但今日研究表示這可能為訛傳。

撿起；寂靜、柔和光線還有暖意將我壓倒，我沉沉入睡。

我在這種剛睡著的無意識下維持了一段時間，最後一些模糊而破碎的感覺襲上內心。我感覺天光越來越暗，空氣也越趨冷冽。我隱約看見灌木上長滿紅色漿果，預示著冬季的到來。我走在景色單調的路上，處處有結了冰霜的刺柏樹為界。接著場景突然變了。我坐在公共馬車裡，寒風吹震門窗；覆滿白雪的樹木宛如鬼影呼嘯而過；我白費力氣地將凍僵的雙腳伸入碎乾草團。最後馬車停下，出現一個常在我夢中上演的情景，我發覺自己在穀倉裡孤身一人，沒有壁爐，而且四面敞開著任風吹襲。我再度看見母親溫柔的臉，這張我在兒時才熟悉的臉，還有父親堅毅而高貴的面容，妹妹美麗的小腦袋瓜，她十歲時就離我們而去；我所有親愛的家人都在我身邊復生；他們在那裡，就暴露在挨餓受凍的痛苦中。母親在那認命的老人身旁祈禱，而妹妹蜷縮在他們用破布為她鋪成的床上靜靜啜泣，用她蒼白的小手握住自己光溜溜的腳。

我方才讀過的書中一頁，轉化成了我自己的生活。

我的心被無以名狀的煎熬壓迫。我蹲在角落，盯著這幕悲慘的景象，感覺到寒意緩緩蔓延上身，我苦澀地告訴自己：

「放手死去吧，既然貧窮是個由猜疑、冷漠、輕蔑把守的地牢，而想從中逃脫根本白費工夫；既然在生命的宴席上沒有我們的容身處，放手死去吧！」

而後我試著掙扎起身，想和母親再次相會，在她腳邊等待解脫時刻來臨。

這番努力驅散了夢境，我猛然驚醒。

我望向四周，燈滅了，爐火也熄了，冷冽的風從半開的門吹進房裡。我打著哆嗦起身，關上門並上了雙鎖，隨後走向床鋪匆匆上床。

但是寒冷卻讓我清醒好一陣子，於是我的思緒繼續回到那中斷的夢境。

剛才被我批評誇大的景象，現在似乎只是一種過度貼近現實的呈現；而我繼續入眠前卻已無法恢復樂觀，或是溫暖。

冷卻的火爐和沒關緊的門改變了我看事情的觀點。當我血液循環良好時一切都順利，當我挨寒受凍時一切卻是黯淡無光。

這讓我想起那位公爵夫人的故事，她不得不在冬日去拜訪鄰近的修道院。那所修道院很窮苦，院內沒有柴薪，修士們能用以抵禦寒意的僅有自己的紀律與熱忱的禱告。渾身打顫的公爵夫人回家後，非常憐憫修士們的窮苦處境。於是在僕人幫她脫去大衣、為她添加柴火時，她喚來管家，差他立刻送些木柴去修道院。之後她將座椅移到壁爐旁，很快地恢復了溫暖。不久前受凍的記憶在此刻的舒適環境下快速消散了，管家這時再次前來，問她該送多少木材過去。

「噢！先等等，」這位貴婦人漫不經心地說道：「天氣暖活多了呢。」

這證明人在判斷時較依賴感覺，而非理性；由於感覺來自外在世界，所以人發現自己多少受到外界所影響，一點一滴地據此形塑了自己的習慣和情感。

因此，當我們想評論一個陌生人時，我們會從他身處的環境尋找他性格的線索，而此舉不是沒有道理。我們生活周遭的事物必定反映著自身形象，我們在不知不覺中就將內心的種種印記加諸其上。正如我們能從一張空床判斷主人的身高和睡姿，縝密的觀察者也能從每個人的住所看出他才智的高低和內在情感。

柏納丹・德・聖皮耶[2]曾描寫過一名少女的故事，她拒絕了一個家中從沒種過花或養過寵物的追求者。這項判決或許太過嚴格，但不無道理。我們可以認定，一個無法感知美與細微情感的男人，一定還沒準備好去感受幸福婚姻的喜悅。

2　柏納丹・德・聖皮耶（Bernardin de St.-Pierre）是十八、九世紀的法國小說家與植物學家。

十四日，晚上七點鐘

今早，當我翻開日記本準備動筆之際，我們的老簿記員上門拜訪。他的視力不如以往，雙手也不時顫抖，過去能勝任的這份工作如今對他來說已有些吃力。我先前答應替他接手一些工作，他來是為了收取我已經完成的文件。

我們在爐火邊聊了許久，在我堅持下他接過一杯咖啡喝著。M．拉托是個明智之士，他觀察得多、但說的話少；因此他總有些心得可分享。

在檢查我為他備妥的帳本時，他的視線落在我的日記上，於是我不得不承認自己每晚都會寫篇日記，記下當天所為和想法，且僅供我自己使用。我們又談到其他話題，我告訴他前天所做的夢境，還有我對外在之物影響我們日常感受的省思。他面露微笑。

「啊！你也有我那種迷信。」他輕聲說：「我和你一樣，一直相信從巢穴就能識得獵物：只需機智和經驗——要是缺了這些，就會作出許多魯莽判斷。這種錯誤我犯了也不只一次，但有時我也會作出正確的判斷。我尤其記得有一次，那是我年輕時代的頭幾年——」

他就此打住。我以期待聽他故事的眼神看著他，他隨即告訴我事情的來龍去脈。

那時他還是奧爾良[3]一位律師身旁的三等書記官。上司派他前往蒙塔日[4]辦幾件事，他打算先到鄰鎮收取帳款，而後當天傍晚搭公共馬車返回；但是債務人讓他等候許久，等到能繼續上路時天色已暗。

3 奧爾良（Orleans）是位於法國中部偏北的大城。
4 蒙塔日（Montargis）位於奧爾良東方七十公里處，是盧瓦雷省（Loiret）次於奧爾良的第二大市鎮。

因為害怕無法及時返回蒙塔日，他選走一條別人告訴他的捷徑。不巧，霧氣越來越濃，就連一顆星星也不得見，一望無際的黑暗使他失去方向。他試圖照原路折返，但他走過二十條小徑，最後徹底不知身在何處。

在一陣錯過馬車的惱怒之後，對自己的處境的不安感隨之而來。他獨自步行，迷失在森林裡，無法找回正確的路，而且身上還帶著一筆數目可觀、由他全權負責的錢。經驗不足加劇了他的焦慮，他所想像的森林與許多搶劫或謀殺事件相連，不免揣測每秒都可能出現奪命遭遇。

他的遭遇確實並不樂觀。這附近不算安全，此地一向都有馬販子突然失蹤的傳言，儘管沒有任何犯罪證據。

我們這位年輕旅人——他雙眼直盯前方，豎耳傾聽，沿著一條他認為能通往住家或大路的小徑走去；但接著樹林的卻還是樹林。終於他看見遠處出現燈火，二十五分鐘後他抵達了車行道路。

透過燈光吸引他前來的那幢房子就在不遠處。他走向庭院大門時，一陣馬蹄聲讓他回望。有個騎在馬背上的男人出現在道路轉彎處，很快就來到他身旁。

騎手開口第一句話表明自己是個農人。他敘述了迷路的原委，從對方口中得知這條路通往皮蒂維耶[5]。蒙塔日是在他身後三里格[6]處。

迷霧在不知不覺間已轉為細雨，打溼了這位年輕的辦事員；他似乎害怕餘下的長路，而那男子看出了他的遲疑，於是邀他進農舍。

農舍外觀貌似堡壘。四周立著高聳的牆，只有從大門欄杆間才能看到裡

5 皮蒂維耶（Pithiviers）是法國中北部的城市，位於巴黎南方；依據下文，拉托先生可能是在楓丹白露森林（Forest of Fontainebleau）裡迷了路。

6 里格（League）為當時的長度單位；一里格約為五公里，相當於步行一小時的距離。

面，而門緊閉著。已經下了馬的農人沒走近大門，卻往右走，來到另一扇也緊閉著的門，然後他拿出鑰匙。

他還沒跨過門檻就聽見可怕的狗吠聲響徹庭院兩端。農夫要客人別害怕，指給他看狗兒牢牢地鏈在狗屋裡；兩隻狗的體型都十分巨大，而且相當凶猛，即使見到主人也無法平靜下來。

一名男孩聽見狗吠聲，於是從屋裡出來，牽走農人的馬。農夫問他出門前交代的事情辦得如何，接著走到馬廄去審視成果。

落單的辦事員環顧四周。

男孩擱在地上的提燈在庭院內投射出微弱光亮。周圍一切看起來空空蕩蕩，沒有一點鄉下農家常見的雜亂景象，只看見暫時停下、而不久後會繼續的工作。馬具卸下處不見任何遺落的手推車，沒有高高堆起、準備脫粒的玉米，也沒有犁具翻倒在角落、或半藏在新鮮的苜蓿牧草下。院子清掃過，穀倉緊閉且上了鎖。牆上沒有一株籐蔓攀爬；到處都是石頭、木材和鋼鐵！

他拿起提燈走向房屋角落。後頭是另一座庭院，中央有座蓋上的水井，他聽見第三隻狗的吠聲。

這位旅人費力尋找農場的小菜園——會有不同種類的南瓜藤在地面蔓生；或有一窩蜜蜂在忍冬和接骨木的樹叢底下嗡嗡作響，卻徒勞無功。無處可見草木和鮮花。他甚至連間家禽棚屋或是鴿舍都沒看到。這位屋主家中各處都缺少了鄉間那優雅及生活的要素。

年輕人心想，想必這屋主性情冷漠，不然就是精於算計，僅容許這樣少之又少的家居享受與視覺樂趣。他從眼前所見來評斷，雖然他不願這麼想，卻不禁對屋主的性格起了疑慮。

這時農人剛好從馬廄返回，邀他進到屋內。

農舍內部呼應了它的外觀。刷白牆面除了一排各種口徑的槍枝之外沒有其他裝飾；大型家具堅固的質地難以彌補外型的粗笨感。不良的整潔，加上連一點小小的舒適感都沒有，證明此處的家務缺少女性來照料。這位年輕辦事員得知，和農人一起住在這裡的事實上只有兩個兒子。

確實有足夠清楚的跡象顯示這一點。鋪著桌布的桌子，沒有人不嫌麻煩去收拾，就擱在窗邊。餐盤和碗碟亂糟糟地散落在桌面，盛著馬鈴薯皮和啃了一半的骨頭。幾只空瓶散發出白蘭地的氣味，當中混雜著刺鼻的菸草味。

招呼客人坐下之後，農夫點起菸斗，他的兩個兒子回到壁爐邊繼續工作。偶爾會有簡短話語打破寂靜，接著是單詞或感嘆詞予以回應；然後全部回到之前的沉默。

「我從童年開始，」老簿記員說：「就對外在之物呈現的印象非常敏感；後來，思考教會我該去細究產生這些印象的原因，而不是將之逐出腦海。於是，我決定專心審視周遭一切。

在那一排槍枝下方，我從進門就注意到了——掛著一些捕狼的陷阱，其中一具的鐵牙咬著一隻血肉模糊的狼爪，還沒取下。牆面上釘著一隻貓頭鷹和烏鴉，裝飾著熏黑的壁爐，牠們的翅膀被撐開，喉頭分別有根大釘子穿過；一張剛剝下的狐狸皮就攤開在窗前；主樑上裝設的彎鉤掛著一隻無頭鵝，軀體正在我們頭頂上晃動著。

屋內種種細節令我反感，我於是將視線轉回屋主身上。坐在我對面的這位父親，只有在倒酒或罵兒子幾句時才會放下菸斗。較年長的那個兒子正探刮一個大桶子，不時把刮下的帶血碎屑拋進火裡，使得屋內充滿令人作嘔的惡臭；次子則忙著打磨幾把屠刀。我從父親說的話中得知他們正準備明天要殺豬。

這些行當與屋內種種事物，似乎闡明了他們生活方式上的粗野習性，恰與屋宅外在顯現可怕陰鬱互為表裡。我的驚訝逐漸變為厭惡，厭惡又變為不安。我無法一一說出接二連三冒升腦中的念頭，但是，屈服於一股我無法克制的衝動，我起身表示自己該上路了。

農人費了一番力氣留我；他提到了下雨、提到已黑的天色和路途的遙遠。我一併回答：我這一天非得趕去蒙塔日不可。謝過他短暫的招待後，我急忙出發，這樣似乎能證明我剛才所言不假。

然而，夜晚的清新空氣與步行的走動順利地改變了我的思考方式。遠離喚起我內心強烈反感的事物之後，那種感覺逐漸消退。我開始覺得自己這麼容易受影響未免也太可笑，然後，隨著雨勢轉大變冷，我對自己的奚落轉為一種負面情緒。我暗自譴責自己如此愚蠢，竟將錯誤的感受視為理性的警告。難道農人和他的兒子不能自己住在那裡，不能狩獵、養狗還有殺豬嗎？他們何罪之有？我若少些神經兮兮的感受，應該就會接受留宿，現在也該能舒服地睡在乾草堆上，而不是在寒冷細雨中辛苦走路。我就這樣整路自責，直到黎明將至；我走到了蒙塔日，疲憊不堪，而且身子也凍壞了。

但是，我在隔天近中午醒來時，我直覺地回歸原本的想法。回想起來，農舍外觀呈現的可憎本質正與前一晚讓我決心逃離的相同。理性在審視這一切粗野的細節時不得不保持沉默，並且被迫在當中辨識出一些低劣天性的蹤跡、或是看出邪惡因子的身影。

我隔天就離開了，沒來得及打探那名農人或他兩個兒子的事情；但是這段經歷仍深深銘記在我回憶裡。

十年後，我搭乘馬車行經盧瓦雷省；我倚著車窗看著新栽種的低矮灌木林地，一位旅伴向我說明空地的種類，而後，我的目光落在一個圍牆建築，那裡有個鐵柵欄的大門。我看出當中有間窗戶全數閉上的房屋，我立刻回想起來；那就是我曾進去避雨的農舍。我急切地指給旅伴看，問是誰住在裡頭。

『現在沒人住。』他回答。

『可是幾年前不是有位農人和兩個兒子住這裡？』

『是杜洛斯一家人，』我的旅伴看著我說；『你認識他們？』

『我見過他們一次。』

他搖搖頭。

『哦，對！』他接著說：『他們多年來都住在那裡，像巢穴裡的狼；他們只知道如何耕地、捕殺獵物，還有喝酒。那父親打理整間房子，可是少了女人關愛，少了小孩軟化心地，也少了上帝讓他們想起天堂，這樣獨活的男人最後都會變成野獸，你看吧。所以有天早上，那長子喝了太多白蘭地，不想去替馬安上犁耙；他父親拿鞭子抽他，兒子於是發起酒瘋，拿槍殺了父親。』

十六日，晚上

這兩天我一直想著老簿記員告訴我的故事；那故事與我夢境所引發的思

索正巧疊合。

難道我沒有從這一切習得重要的一課？如果我們的感受對於判斷力有著無庸置疑的影響，那我們怎會如此不在意能激發或轉變感受的事物？外在世界永遠像面鏡子般反映人的內在，讓人內心滿溢種種畫面，並且在不知不覺下構成人們觀點與行為準則的核心。所以我們周遭的一切物品其實是散發著或善或惡影響力的法寶，端視我們如何明智地選擇，以創造有益心靈健康的環境。

我深深相信這個真理，於是開始檢視起我的閣樓。

我首先看見的是一份我家鄉省分的大修道院的歷史系譜。我先前滿意地將它展開在牆上最顯眼的位置。為什麼給了它這個位置呢？我既非骨董商，也非學者，這張蛀了蟲的老羊皮紙對我真有如此價值？對我來說，它之所以重要的真正原因，是否是因為其中一位創建院長與我同名，而且，我讓自己成為譜系中人能引起訪客興趣？寫下這些，我覺得有些臉紅。來，把系譜拿下來！將它放逐到抽屜的最深處。

我從畫框前經過，注意到有幾張名片滿足自適地陳列在框上。僅有名字的卡片是在何等機緣下與畫作同列？這張名片是一位波蘭伯爵——退役的上校——我所屬部門的副部長。快，快點，快把這些虛榮的證據扔進火裡！換上我們辦公室打雜小弟的手寫名片、還有這張平價餐館指南，以及我購入扶手椅時舊貨商所開的收據。這些貧窮的表徵物將發揮如蒙田[7]所言的作用，「**放下我的傲慢**」，並且時時提醒我謹記謙遜，那是底層小人物尊嚴的基石。

我在掛著版畫的牆面前駐足。畫中近景呈現波莫娜[8]笑著坐在成捆的玉米堆上，提籃裡滿是水果，只讓人聯想到歡樂與富足；幾天前我凝望著她，睡著時我不相信人間有苦難。讓我拿出這幅〈冬日〉與她作伴，這畫中描繪的盡是悲傷與苦痛：一幅畫會改變另一幅給人的感受。

還有這幅格魯茲[9]的〈快樂家庭〉！孩子們眼中有多少喜樂！年輕女子的臉龐多麼寧靜溫柔！祖父的面容呈現多麼虔誠的感受！願上帝永保他們幸福！但讓我在旁邊掛上這幅母親的畫，她望向空蕩的搖籃哭泣著。人生有兩面，我們必須敢於交替凝視兩者。

讓我也把這些裝飾壁爐台的可笑怪物藏起來。柏拉圖曾說：「美即為良善的有形體現，而非他物。」若是如此，那麼醜陋應該是邪惡的有形體現，而且持續看見醜陋也會讓內心變質。

最重要的是，為了懷有仁慈及憐憫心，且讓我將這幅動人的〈長眠〉掛

7 蒙田（Michel de Montaigne）是十六世紀的法國哲學家。
8 波莫娜（Pomona）是羅馬神話中掌管森林與果樹的女神。
9 格魯茲（Jean-Baptiste Greuze）是十八世紀巴黎洛可可畫派畫家。

在床腳！凝視這幅畫，我從未無動於衷，不被打動。

那是一名老婦人衣衫襤褸地躺在路邊；她的拐杖落在腳邊，她的頭枕在石頭上；她睡著了，雙手緊緊交握，她喃喃念著兒時的禱告，這是她最後一次入眠，最後一次進入夢鄉。

她見到自己又是個強壯快樂的孩子，在荒地裡牧羊，從樹籬間採集漿果，唱著歌，向路人屈膝行禮，並在第一顆星星顯現天際時劃出十字聖號[10]！快樂的時光，充斥芬芳與陽光！她什麼都不需要，因為她不知道還需要什麼。

接著見她成長；勇於勞動的時候到了：她得收割玉米，為麥穗脫粒，把開花的苜蓿捆或枯萎枝條送往農場。如果她非常勞累，「希望」就如太陽照耀一切，拭去汗水。這成長中的女孩已知道人生是件苦差事，但她實踐生命時仍舊唱著歌。

後來負擔越來越重了；她身為妻子，身為母親！她必須省著今日的食糧，放眼明日；她照顧病人，也扶持弱者。總之，她必須扮演凡間的神；這在上帝伸出援手時如此輕鬆，而當祂遺棄世人時則如此艱難。她依然堅強，但心頭焦慮；她不再唱歌了！

再過幾年，一切盡是愁雲慘霧。丈夫的健康垮了；妻子如今在僅剩死灰的壁爐邊看著他日漸消瘦；疾病推他踏上的絕路以寒冷與飢餓終結，他死了，遺孀坐在地上，坐在別人捐助的棺材旁，懷裡抱著兩個衣不蔽體的娃兒。她害怕未來，她啜泣，她垂下頭。

最後，未來終於來到；孩子們長大成人，但不再陪伴身邊。她的兒子高舉國旗出征，女兒也遠走。兩人都已離開她身旁許久——或許是永遠；而這強壯的女孩、勇敢的妻子、無畏的母親，從此以後只是一個窮困的老乞丐，

10 十字聖號是一種藉由在身體上劃出十字，象徵信仰虔誠的禮儀手勢。

沒有親人也沒有家！她不再哭泣，悲傷征服了她；她棄守投降，等待死亡。

死神——可憐人的忠心友伴，祂降臨了：祂不若迷信中那般猙獰或滑稽，而是美麗地微笑著，頭戴星辰為冠！那柔和的幻影向乞丐躬身；祂蒼白的嘴唇喃喃對她說了幾句輕快話語，宣告她一生勞苦已經結束；年邁的乞婦心中感到平靜的喜悅，她靠著那偉大解救者的肩膀，不知不覺地從她最後一次凡間的入睡，遁入永恆的長眠。

就此安歇吧，困倦至極的可憐女子！樹葉將為妳包裹屍身，夜晚將在妳身上垂下淚露，而鳥兒將在妳的骸骨旁甜美鳴唱。妳走過塵世一回遺留下的痕跡，不比鳥兒翱翔天際；妳的名字已被遺忘，而妳唯一的遺物，僅存落在腳邊的山楂樹杖！

好吧！有人將會拾起手杖——那偉大領主手下的某一位士兵，他因為不幸或邪惡而流落外地；因為妳不是特例，而是其中之一；在如此和煦照耀世人的同一顆太陽底下，在盛開的葡萄園裡，在那熟透的玉米間及富裕的城市裡，眾人不分世代皆受盡苦難，一代復一代，仍要將乞丐的手杖傳承下去！

畫中的哀傷情景讓我對上帝賜予的更加感激，也對於上帝不加寬容對待之人更為憐憫；這幅畫是我反思的功課。

啊！要是我們願意留心可能教導、增益自身的一切事物；要是我們日常生活的安排持續是我們永遠的心靈學校！然而我們常常視而不見。人類總將自己視為永恆的謎；自己就是一座自己從未走進過的小屋，而我們只是獨自研究著小屋的外觀。這一句曾開示過蘇格拉底、由無名之手刻於德爾菲[11]牆上的著名刻文，我們每個人都得持續面對：

認識你自己。

11 德爾菲（Delphi）是古希臘城邦的聖地。

XII
歳末

La fin d'une année

十二月三十日，夜晚

我躺在床上，剛從讓我神智迷亂、久久陷於生死交關的高燒中恢復過來。我虛弱的腦袋正努力恢復運轉；思緒如同奮力穿透雲層的光線，依然困頓殘缺；偶爾又感覺暈頭轉向，攪亂了所有想法，可說是漂浮在恍惚與意識的交替之間。

有時在我看來一切似乎清晰，像是高山頂峰的遠景，在晴空下在眼前展開。流水、森林、村莊、家畜，甚至是山谷邊緣的農舍都依稀可見；突然間，一陣挾帶迷霧的風襲來，一切變得模糊不清。

所以，我屈從於半恢復狀態的不定理智，讓心智跟隨各種念頭，不去費力分辨現實與想像；夢境與清醒思緒相互交替，我輕柔滑行，一一經過。

我的心智眼下徘徊在這個不定的狀態，看啊，那衡量著時間、大聲滴答作響的時鐘底下，竟出現一個女人的身影！

見到她的第一眼，就足以說明她並非夏娃的後代。她眼裡閃現星辰即將毀滅前的最後閃爍，而她臉上泛著與死亡壯烈搏鬥後的蒼白；她身披上千種最明亮、以及最黯淡色彩的衣料，手捧一圈乾枯的花環。

打量一陣子後，我問她的名字，問她來到我的閣樓所為何事。她原本隨著時針飄移的目光轉向我，答道：

「你從我身上看到那即將結束的一年；我是來接受你的感謝與道別。」

我驚訝地以肘撐起身子，情緒卻很快地轉為忿恨不平。

「啊！妳想要得到感謝，」我大喊：「總也先該讓我知道原因吧？

我在歡迎妳到來那時，仍然年輕；生氣勃勃：妳每天都從我身上取走一些力量，最後還讓我受疾病侵害；託妳的福，我的血液如今已不再溫暖，肌肉也漸失結實，雙腳更不如過往靈活！妳在我胸口播下虛弱的種子；原本是夏日的生命之花盛開的所在，妳卻已惡毒地播下衰老的蕁麻！

另外，讓我身體衰弱似乎還不夠，妳也削弱了我心靈的力量；妳已讓她的熱情消失殆盡，變得更加懶散、膽小。過去她大氣地放眼全人類；如今你卻讓她目光短淺，幾乎看不見自己以外的事！那就是妳對我精神層面的所做所為：至於我的外在生活，看看你讓它淪落到何等悲傷、遭漠視與不幸的境地！在我因為高燒臥病床上的那幾日，有誰曾來照看過這個我喜樂所繫的家園？難道我因為隨便或不正直，所以我衣櫃空無一物、書櫃被搬空，所有可憐的寶貝也都消失了？我種的植栽、餵養的鳥兒去了哪裡？全都不見了！我的閣樓遭人洗劫，既寂寥又孤絕！我不久前才剛回復意識，注意起周遭，我甚至不知道是誰在我久病時在旁照顧！想必是某個受雇而來的人，當我耗盡可支付酬勞的財產後他就會離開了！而那些我得為之工作的雇主，對我的缺席又會說什麼？在一年最繁忙的這時候，少了我，他們能把事情做完嗎，或說他們會這麼做嗎？這個讓我掙得每日食糧的卑微職位，或許已經被別人取代了！

這全都要怪妳，都是因為妳，惡毒的時間之女——妳帶給我所有的不幸：妳從我身上奪走了一切——力量、健康、寬裕、工作。對妳我只感到憤怒與失落，而妳竟敢來要求我的感激！

啊！領死吧，因為時日以至；而且是要受鄙視和詛咒而死；我願在你的墓碑寫上一句阿拉伯詩人為一位國王所作的墓碑文：

『歡呼吧，過路人：我們埋葬於此之人

再也無法復生。』」

一隻握住我的手讓我醒來；我睜開眼，認出是那位醫生。

他在檢查過脈搏後點點頭，坐往床腳看著我，拿鼻菸盒摩著鼻子。我從此之後明白，這是醫生表示滿意的動作。

「呦！所以我們是要讓死神把人給帶走？」M．朗柏先生以他一貫半開玩笑、半嘲諷的口吻說道。「還真是驚險啊！還得兩隻手都伸出去才能把你拉回來！」

「那您放棄過我嗎，醫生？」我有些驚恐地問道。

「完全沒有。」老醫生回答。「我們不能放棄我們還沒有的東西；而且我習慣不抱任何希望。我們只不過是天意手上的工具，每個人都該隨著安布洛斯．帕瓦[1]說：『我照顧他，而上帝治好他！』」

「願他得到祝福，您也是。」我大喊：「也願我隨新的一年到來而恢復健康！」

朗柏先生聳聳肩。

「先要求你自己吧，」他直言：「上帝已給了你健康，要維持可得靠你自己的智慧，而不是運氣。有人可能聽了別人說，就以為人生病與否就好比雨水或陽光，無人能左右。我們在抱怨生病之前，應該先證明自己值得健康。」

我原要微笑以對，但醫生看起來很生氣。

「啊！你以為我在說笑。」他提高音量：「那麼你來告訴我，我們當中有誰關心健康一如關心事業？你有像省錢那樣節省精力嗎？你有像避免浪費錢和不良投資那樣，避免放縱和疏忽嗎？你有像記錄錢財收入那樣，記錄自己的生活方式嗎？你每晚可有思考什麼對健康有益或有害，一如檢查自己的開支那樣？你儘管笑，但這場病難道不是因為你自己上千次的不慎行為才導致的？」

我開始反駁，要他說出我有哪些不慎之舉。老醫師伸出手指，一根又一根地開始細數。

1 帕瓦（Ambroise Paré）是十六世紀的法國外科醫師，撰寫《外科學兩卷》，解說槍傷、截肢、骨折、婦科等手術。

「首先，」他喊道：「缺乏運動。你的生活根本就像隻住在乳酪裡的老鼠，沒有空氣、活動或變化。想當然，血液循環不良，血管壁增厚，肌肉不活動，所以也不需要吸收養分，胃部萎靡，而且大腦疲勞。」

「第二，不規律的飲食。善變是你的廚子；而胃是只能接受你所賜予的奴隸，但它很快就要懷恨報復，一如所有奴隸。」

「第三，熬夜。夜晚不睡卻拿來讀書；你把床架當書櫃，枕頭當書桌！在疲倦的腦袋要你休息時，你卻領著它徹夜狂歡，隔天居然還驚訝腦子狀況怎麼會更差了。」

「第四，習慣安逸。關在這閣樓裡，你不知不覺讓自己被這些柔弱的嗜好給包圍。你一定有封緊門縫的布條，蓋住你窗戶的百葉窗，給雙腳踏的地毯，靠在你背後的羊毛填充扶手椅，還有個一轉冷就點起的爐火，加上柔和光線的燈罩；多虧了所有這些預防措施，最細微的一陣風就讓你著涼，普通的椅子讓你坐立難安，你得戴上眼鏡才能面對白天的光亮。你自以為得到舒適，但只是染上虛弱罷了。」

「第五……」

「啊！夠了，夠了，醫生！」我大叫：「別再繼續檢討下去了，別讓我在每件樂事都添上悔恨的感受。」

老醫生用鼻菸盒摩了摩鼻子。

「看吧，」他口氣放軟，同時站了起來，「你會逃避事實。你受到質問就退縮，這就證明你有罪。『我們眼前的被告已認罪[2]！』我的朋友啊，至少別再像個老太婆那樣怪罪時間。」

再次檢查我的脈搏後，他向我告辭，說他職責已盡，接下來我得靠自己。

2 此句話出自羅馬哲學家西塞羅（Cicero）。

醫生離開後，我開始思考他所說的話。

儘管醫生太過以偏概全，絕大部分卻也所言不假。我們多麼常將疾病歸咎於運氣，但我們該在自己身上尋找病源才是！也許我讓醫生繼續檢討下去才是明智之舉。

但有沒有另一種更重要的、關乎心靈健康的檢討？在這即將結束的一年中，我真的沒忽略任何維護心靈健康的方法嗎？身為上帝部署人間的士兵，我是否已擦亮勇氣和武器？我是否該準備好到祂的面前——在陰暗的約沙法山谷[3]前接受那必須通過的靈魂最終審判？

你該敢於審視自己，我的靈魂啊！看看你多麼常犯錯。

首先，你因為自傲而犯錯！因為我沒有好好重視那些細微的事。我已喝下太多才華的醉人佳釀，在清水中已嚐不出任何滋味。我鄙視除了真摯之外別無美感的話語；我不再單純因人之為人而愛他們，我因他們的天賦而愛；

我將世界限縮在萬神殿窄小的範圍裡，唯有崇敬之心能喚醒我的同情。那群我本該友善看待——因為他們是由我懷抱希望或悲傷的弟兄們組成——的平庸之人，我卻冷漠地讓他們彷彿羊群從我身旁經過。我對日進斗金、卻鄙視他人缺乏世俗財富的有錢人忿忿不平；可是，徒具一身無用知識的我卻輕慢心靈貧脊之人——我鄙視智識的貧乏，一如他人嘲笑衣著的困窘；我為並非自致的天賦洋洋得意，並將好運化作武器攻擊他人。

啊！即使是在革命最糟的日子，無知者若曾反抗天才、對其高呼仇恨言詞，這過錯並非單單出於無知者的惡意妒忌，知識分子的輕蔑傲慢亦是部分成因。

唉！我完全把「巴格達魔術師的兩個兒子」的寓言給忘了。

3 約沙法山谷（Jehoshaphat）是舊約聖經裡接受神的審判之處。

其中一人遭受無可挽回的命運打擊，天生眼盲；另一人則享盡視力的所有樂趣。後者驕傲於自己的優越，嘲笑自己的兄弟瞎了眼，也不屑與之為伴。有天早上，盲眼男孩想跟他一起出門。

「何必呢，」他說，「既然眾神讓我倆毫無共同點？萬物對我來說是一座舞台，上千種迷人風景和絕妙演員輪番出現；對你來說不過是個黑暗深淵，你在谷底只能聽到那個你不得見的世界傳來的混亂低語。你就繼續獨自待在黑暗裡吧，把光明的樂趣留給其他日星照耀之人。」

說完這些話，他就走了，留下他的兄弟孤身痛苦地哭著。父親聽見哭聲，立刻過去試著安慰他，承諾給他任何他想要的東西。

「你能給我視力嗎？」孩子問。

「命運不允許。」魔術師說。

「那麼，」盲眼男孩激動叫道：「我要你把太陽熄滅！」

誰知我的驕傲是否也曾在某個眼盲的弟兄心中激起他相同的願望？

但我卻因為輕率及思慮不周而更頻頻犯錯！我曾恣意地做過多少決定！我曾妄下多少斷言只為說句妙語！而我因為缺乏責任感又做過多少胡鬧事！大部分的人為了達成某些目的而互相傷害。我們嘲笑某人的榮譽，貶損另一人的名譽，就像個在綠籬旁閒晃的人，隨手折斷嫩枝，摧毀了最美麗的花朵。

儘管如此，某些人的名聲正是因為這樣的輕率才造就而成。這名聲日漸升高，有如異國的神祕石堆，所有路過者都為它加上一塊石頭；每個人都隨便帶來些什麼，路過時就放上去，卻無法看看自己墊高的究竟是雕像底座，亦或是絞刑台。誰又敢回望向身後，看看自己魯莽的評判構築起的是什麼？

不久前，我在蒙馬特一座立有電報塔的綠色丘陵邊走著。下方一條包圍山丘的曲折小徑上，有個男人與一個女孩正往上走來，他們吸引了我的注意。男子身穿的絨毛大衣讓他看來頗似野獸；他手執一根粗手杖，在空中比畫著許多古怪的形狀。男子聲音非常宏亮，而且似乎因激動而發顫。他時不時向上望的目光裡透露著凶殘無情，在我看來，他正在責備、脅迫那女孩，而她聆聽時的順從模樣觸動了我的內心。

她有兩三次冒險說了幾句話，無疑是想為自己辯解；但身著大衣的男子立即回以高聲怒語和凶狠表情，以及揮舞空中的威脅手勢。我盯著他，在他經過時想努力聽見隻字片語，卻只是白費力氣，直到他消失在山丘後。

顯然我方才見到一個家庭暴君，受害者的忍耐激起了這種人的壞脾氣，這種人雖然能成為家中的慈愛之神，卻選擇當個施暴者。

我在心中咒罵那個陌生的野蠻人，讓我憤慨的是，這些破壞神聖家庭和樂的罪行，卻沒有受到應得的懲罰；這時我聽見他的聲音越靠越近。他已經彎過小徑，隨即出現在我面前坡地的頂端。

第一眼所見，加上他說的頭幾句話就讓我全明白了：實情並非我以為的憤怒男子的狂暴口氣與恐怖模樣，以及受害者嚇壞的神態；眼前取而代之的，只有一個老實的市民正瞇著眼，結結巴巴地向他專心聆聽的女兒解釋養蠶技巧。

我轉身踏上歸途，笑著自己的誤解；但在到達我住的郊區前，我看到有群人正狂奔著，我聽見呼救聲，人人都指著遠處的一柱火光。有一座工廠起火了，所有人都正趕去幫忙滅火。

我猶豫了。夜晚即將到來；我感覺疲憊；有本喜愛的書正等著我；我想火場應該不缺人手，於是繼續前進。

剛才我因為思慮不周而犯錯；現在則是因為自私還有懦弱。

但又怎樣，這份將我們與同胞相繫的責任，難道我在其他上千種場合從沒忘記過？難道這是我第一次躲避回饋對於社會的虧欠？難道我不是一直不公正地對待自己的同伴，像是頭獅子般霸道？難道我不是一次又一次拿了自己分內的好處？假如有任何愚蠢之人要我退回一小部分，我會被激怒、生氣，會想盡一切方法逃避。多少次我看到乞丐蜷縮在街角，我難道不是繞路而行，就擔心惻隱之心驅使的慈善之舉會讓我因而變窮！我多麼常懷疑他人的不幸，這樣我就能用正義讓自己鐵了心來對抗他們。

有時我因為證實了窮人的惡行而心滿意足，只為了展現他的不幸正是他應得的懲罰！

噢！別再繼續下去了——別再繼續！我曾打斷那位醫生的檢討，而今這番檢討卻是更加難受！肉體的病痛讓人哀憐；心靈的病卻讓人驚恐。

所幸鄰居打斷了我的白日夢，是那位老兵。

我現在想起來了；我在發燒之際似乎一直見到這個老好人的身影，時而靠在我床邊，時而坐在桌旁，身邊都是他的紙板。

他剛才走進來，拿著膠水罐、一疊綠紙還有他的大剪刀。我叫了他的名字，他高興地喊了一聲，走到我身邊。

「好！子彈又上膛啦！」他大喊，用他僅有的殘肢握住我的雙手：「這病可得說真是磨人啊，我告訴你；這場戰役長得能拿到兩枚勳章。我在醫院看過不少人發著高燒跟腦子裡的敵人搏鬥：在萊比錫[4]，我隔壁的人幻想有座煙囪在他胃裡著了火，一直喊著要消防車；結果到了第三天卻自己好了。可是你的情況持續了二十八天——就跟其中一場小下士[5]的戰役一樣長。」

「那我沒弄錯；你都在我身邊？」

「當然！我只需要穿過走廊。這隻左手沒因為缺了右手幫忙就照顧不周；哼！但你不知道是哪隻手給你送水，而那隻手也無法避免高燒的乞丐被淹

4 萊比錫（Leipzig）是前東德大城；在十九世紀的萊比錫戰役中，拿破崙被普、奧、俄聯軍擊敗。

5 指入伍時從下士做起的拿破崙。

死——就像波尼亞托斯基在白鵲河裡那樣[6]。」

老兵大笑起來，我則感動得說不出話來，將他的手壓在我胸口。他看出我的激動，連忙打住笑聲。

「順便告訴你，你知道從今天起你有權再拿到你的配給，」他開心說道：「一天四餐，像德國的紳士——沒別的了！那位醫生就是你的管家。」

「我們還得找個廚師。」我笑著回話。

「人已經找到啦。」退役老兵說。

「是誰？」

「吉妮維耶。」

「賣水果的太太？」

「我說話這時她正在為你做飯呢，好鄰居；你可別擔心她會怕事或少放了奶油。在你生死交戰這段期間，那個誠實的女人可是跑上跑下地關心你的戰況。等等，我想一定是她。」

我們果然聽見走廊傳來腳步聲，他接著去應門。

「噢，很好！」他繼續說：「好鄰居，是我們的門房米勒太太，你的另一個好朋友，她做的敷藥可棒了。進來吧，米勒太太——進來；我們今天早上神清氣爽，要是有舞鞋的話還想跳一段小步舞呢。」

門房太太開心地走進來。她送來我的亞麻衣物，已經替我洗好、補好，還有她船員兒子送的、準備留給重要場合喝的一小瓶西班牙葡萄酒。我想感謝她，但這位好太太要我安靜，理由是醫生禁止我說話。我看見她把東西都放進抽屜，裡面整齊的樣子令我大吃一驚；顯然有隻細心的手介入，日復一

6 波尼亞托斯基（Józef Poniatowski）是十八、九世紀的波蘭將領，官至法蘭西帝國元帥。萊比錫戰役敗仗後，受傷的波尼亞托斯基拒絕投降、負傷淹死在德國的白鵲河（Elster River）。

日地整理好這場病所導致、無可避免的混亂。

米勒太太忙完後，吉妮維耶送來晚餐；在對街賣牛奶的丹尼絲大媽跟在後頭，她才剛剛得知我曾面臨的險境，而現在正逐漸恢復。她這個好薩伏依人帶了新鮮雞蛋給我，希望親眼看著我吃掉。

我得把生這場病的一切全告訴她。她聽到每個細節時都大聲驚叫；當門房太太告誡她放低音量後，她輕聲地道了歉。

他們在我旁邊圍成一圈，看著我吃飯；我每吃下一口，他們都一臉滿足且感恩。就算法蘭西國王公開用餐，也不曾讓觀眾激起這般讚嘆。

正當他們收拾餐食之際，輪到我的同事——那位老簿記員走了進來。我認出是他時心跳不禁加速。公司老闆會如何看待我的缺席，而他來這裡是要告訴我什麼嗎？

我抱著一股難以形容的焦慮等著他開口；不過他在我身邊坐下，握住我的手，表示開心見到我康復，卻沒有說一句關於我們雇主的話。我再也忍受不了這種不確定感。

「那在德默先生那裡，」我結巴地問：「大家怎麼辦——我的工作中斷了嗎？」

「沒有任何中斷。」老職員輕聲回答。

「您的意思是？」

「辦公室裡每個人都分攤了一點你的工作；一切事務照舊，德默先生沒感覺有什麼不同。」

這太讓我感動了。在這麼多情感的明證之後，這件事超越了極限。我壓抑不住自己的眼淚。

於是，少少幾件我曾經能為他人所做的事，已得到他們百倍的認可！我曾播下些許種子，每一顆都落進肥沃之地，帶來整整一捆的收成。啊！這完整了醫生給我上的那一課。如果心靈或身體上的疾病確實是我們愚蠢及惡習的結果，那同情和情感也同樣是我們盡責的回報。我們每個人在上帝的幫助下、在人類能力所及的小小範圍內，塑造出了自己的人格、個性和未來。

大家都離開了；老兵已將我的盆花與鳥兒帶回來，他們是我唯一的陪伴。夕陽餘暉染紅了我半拉上的窗簾。我的腦袋清醒了，心情也變得輕鬆。有層薄霧漂浮在我眼前，我感到自己處於更甚於美夢的快樂之中。

在床腳那頭，那位身披千變萬化之色彩、手捧枯萎花環的蒼白女神又再次現身在我眼前；然而這一次，我帶著感激的微笑向她伸出手。

「親愛的一年，永別了！方才我卻對妳不公地責難。我遭受的苦難不能歸咎於妳；因為妳只是上帝指引我道路的廣闊之地——一片我當初播種、如今收穫的地方。我會愛妳，妳是路旁的庇蔭，因為妳曾見證我享受的那些快樂時光；即使因為妳曾見證我所受的苦難，我也會愛你。無論幸福或磨難，皆非來自於妳；但妳一直是它們的背景。妳給了我經驗以取代青春，以甜美回憶交換逝去光陰，感激作為善行的報償，願妳再次帶著祝福，靜靜落入永恆。」

編後序——
富足沒有階級之分

《閣樓裡的哲學家》一書由十二篇日記形式的隨筆組成，書中所有事件皆圍繞著巴黎近郊的一處閣樓。

這裡所說的閣樓，是起源於十六世紀的法國建築樣式。這種閣樓在十九世紀的巴黎相當普遍，位在每棟房屋的最高層與屋頂之間，下寬而上窄，能居住的人數端看建築的大小，從一兩人至數十人皆有。閣樓裡的生活並不舒適。當時不但沒有電梯，上下樓需靠雙腳，而且由於只有一層屋頂與窗子的遮蔽，也必須忍受酷暑及嚴冬——經濟無虞的人自然無法忍受如此條件而居於低樓層，這種閣樓也因此成為低收入階級的住所。

即使對當時的社會情境感到陌生，我們仍能從字裡行間得到足夠線索，靈活地建構出當時位於巴黎房屋最高層、卻是社會最底層的每一個小人物。這一群人窮得衣食堪虞，卻各自有十足信仰，堅持寫出屬於自己的小故事。主角生活在這樣的閣樓，運用閒暇空檔記錄下自己見聞與省思。

他從年初萬物先聲之際，自小小閣樓放眼街道、乃至遙遠的山巒。他在其中發現許多故事與細節，並一次次地從中獲得體悟與滿足。到了夏日，隨著怡人薰風吹拂，他的心緒也變得遼闊，思及更多精神層面的抽象議題；他發現人生所追尋的並非純粹的快樂，而是必須在現世的諸多矛盾間取捨。外在與心靈，物質與意義——他發現，即便是直接如親情的情感，也震盪在社會所賦予的價值觀之中，而唯有正面看待，抱持信念才能度過難關。

閣樓窗外的景色，生長枯榮週而復始，到了十月他也將做足準備迎接來年，於是萬籟復歸無聲。入冬後漫天蕭瑟，他的視角從民族觀及更遙遠的洞見中退回自身、退回到這一處閣樓，再一次回到原點；將歷經的不順遂化作喜悅，對朦朧的未來重新拾起信心而滿心期盼。

本書看似一章章分散獨立，實則環環相扣、緊合題旨；且難能可貴的是，雖然每章的背後都是某一嚴肅的道德議題，讀來卻少有說教意味——讀者彷彿置身在巴黎的街道，端望善與惡、上與下的衝突和化解；如臨其境地體察作者輕快誠摯的口吻之下，那些有血有肉的人物、與深刻博大的精神。

有趣的是，梭維斯特筆下這位說故事的人，確實只是一介普通老百姓：他多愁善感，也愛抱怨發牢騷；他多半不安於現狀，有時又太過滿足於當下，具備一身平庸的特質。那麼何以稱他為「閣樓裡的哲學家」呢？

在書的尾聲，他扮演的並非只是一個住在閣樓裡的說書人，卻透過自己所描述的，扭轉了許多既有看法。過去整整一年所參與的故事，讓他內心緩緩發生變化，而正是如此改變使他成為了哲學家。

他於夢醒之間明白人生的真諦不過是快樂與富足——原來哲學家並非恃才傲物、想法天馬行空之人；哲學家必然得歷經重重考驗，並從中汲取經驗才能夠看見世界最真實的樣貌。走過如此淬鍊，這群閣樓住客雖然窮到連爐火都買不起，卻有著最富有的心靈。

梭維斯特筆下的人生哲學無處不充滿豁達，亦對生命有著高尚情感。他積極鼓勵讀者培養出獨立思考的心性；或許在他的心中，無論出身背景高低，世上每個人的內心都有一位哲學家，而我們唯有認真體驗生活，才能傾聽他在耳畔向我們訴說的話。

Un philosophe sous les toits
閣樓裡的哲學家

作者　埃米爾・梭維斯特 Émile Souvestre
譯者　楊芩雯

總編輯　富察
主編　林家任
編輯　林子揚
企劃　蔡慧華

排版　宸遠彩藝
封面設計　兒日

社長　郭重興
發行人　曾大福

出版發行　八旗文化／遠足文化事業股份有限公司
地址　新北市新店區民權路 108-2 號 9 樓
電話　02.2218.1417
傳真　02.8667.1065
客服專線　0800.221.029
信箱　gusa0601@gmail.com

法律顧問　華洋法律事務所／蘇文生律師
印刷　通南彩色印刷股份有限公司

出版日期　2018 年 2 月（初版一刷）
定價　新台幣 300 元

中文翻譯・版權所有・翻印必究 ALL RIGHTS RESERVED

閣樓裡的哲學家
埃米爾．梭維斯特 (Émile Souvestre) 作；
楊芩雯譯
初版——新北市：八旗文化出版：遠足
文化發行，2018.02
272 面；13 × 21 公分
譯自：Un Philosophe sous les toits

ISBN 978-986-95905-6-3（平裝）

876.57
107000930